双葉文庫

# 自薦THEどんでん返し

綾辻行人　有栖川有栖
西澤保彦　貫井徳郎
法月綸太郎　東川篤哉

# 再生

綾辻行人

綾辻行人《あやつじ・ゆきと》

一九六〇年、京都府生まれ。京都大学教育学部卒業、同大学院修了。八七年に『十角館の殺人』でデビュー。〈館シリーズ〉他で新本格ムーヴメントの嚆矢となる。九二年、『時計館の殺人』で日本推理作家協会賞を受賞。主な著書に『緋色の囁き』『殺人鬼』『霧越邸殺人事件』『どんどん橋、落ちた』『暗黒館の殺人』『深泥丘奇談』『Ａｎｏｔｈｅｒ』『奇面館の殺人』などがある。

私の眼前には今、妻、由伊《ゆい》の身体《からだ》がある。

暖炉の前に置かれた古い揺り椅子の上に、彼女はいる。結婚前に私がプレゼントした白いドレスを華奢《きゃしゃ》なその身にまとい、坐《すわ》っている。人形のように行儀よく足を揃え、両手を肘《ひじ》掛けにのせてじっとしている。

この部屋のこの椅子に彼女を坐らせ、自分はその手前の絨毯《じゅうたん》の上に寝そべり、暖炉の火を眺めながらとりとめもなく話をするのが、私は好きだった。彼女もまた、私と同様にそんな他愛《たわい》もないひとときを好んだ。

しかし、今……。

外ではひどい雨が降っている。人里離れた山中に建つこの別荘を外の世界から切り離してしまおうとでもいうように、そうして私たち二人を凍りついた時間に閉じ込めてしまおうとでもいうように、冷たく激しく降りしきっている。

部屋には、私が飲んだウィスキーの空壜《あきびん》が幾本も転がっている。毛足の長い亜麻色の絨毯はあちこち、こぼれた酒や煙草の灰で汚れている。——何とも荒《すさ》んだありさまだ。

酒に酔った私は、ときどき現在の状況を忘れ、呂律《ろれつ》の回らぬ舌で由伊に話しかける。けれど彼女は、何を応《こた》えることもない。応えてくれるはずがない。頷《うなず》いたり表情を変化させたりすることもない。

当たり前だった。

今ここにいる彼女の身体には、顔がないのだから。頭がないのだから。口を利けるはずもなければ表情を動かせるはずもない。

これは冗談でも比喩《ひゆ》でも何でもなく、文字どおり、首から上がそこには存在しないのである。私がこの手で、それを切り落としてしまったのだ。

そして、私は待っているのだった。ひたすら待ちつづけているのだった。

彼女のその身体から新しい首が生えてくるのを。

＊＊＊

私が由伊と出会ったのは今から二年前——私が三十八歳、彼女が二十一歳の年の、ある秋の日のことだった。

そのころ私は鬱病《うつびょう》気《ぎ》味《み》のうえ、かなり重度のアルコール依存症に苦しんでおり、悩んだあげく、このままでは取り返しのつかないことになるからと決心して、病院の神経科へ治療に通っていた。その待合室で、だった。私は彼女を見つけたのである。

初めは彼女のほうが、私をじっと見ていたのだった。その眼差《まなざ》しは妙に熱っぽく、その顔には、何だろうか、ちょっとした驚きのような色があった。

若くて美しい女性だった。が、どこかで会ったような憶《おぼ》えはない。私は戸惑い、こちらからはなるべく目を向けないようにしていたのだけれど、それでもやはり気になって、ちらちらと相手の様子を窺《うかが》ってしまう。

茶色がかった髪をショートにし、とても色白で、ぱっちりとした二重瞼《ふたえまぶた》の目の色は髪と同じく茶色がかっていた。妖精めいた風情《ふぜい》、などと云《い》ってみてもいいだろうか。私は当然のことながら、彼女に対して大いに興味をそそられた。

診察は彼女のほうが先に済み、その次が私だった。「宇城《うじょう》さん」と名を呼ばれて立ち上がり、診察室から出てきた彼女とすれちがった時も、彼女の茶色い瞳はじっと私の顔を見ていた。

担当の医師は私の大学時代の友人で、萩尾《はぎお》という名の男だった。ひととおりの問診を受け、「もうひと息で完治ってところだな」という嬉しい診断を聞いたあと、私は少し声をひそめて彼に訊《き》いた。

「さっきの――僕の前の若い女の子、どういう患者なんだ」

萩尾は訝《いぶか》しげに眉《まゆ》をひそめたが、すぐに低く笑って、

「なかなか可愛《かわい》い娘《こ》だったね」

と云った。それから冗談めかした口調で、

「こんなところでナンパでもするのか」

「まさか」

私は慌てて首を振った。

「ずっと僕の顔をじろじろ見ていたんだ、あっちの部屋で。確かにきれいな娘だが、場所が場所だから、つまりその……」

「危険な患者じゃないよ」

と、彼は先まわりをして云った。

「頭痛と不眠症に悩んでいるんだとか。いちばん多い相談だな。見た感じ、いくぶん神経症的なところがないでもないが、まあ少なくとも、一時期のおまえよりは遥《はる》かに健康だろうさ」

「──そうか」

診察室をあとにして、薬局の前で薬の処方を待っている間、私は無意識のうちに彼女の姿を探していた。もう薬を貰《もら》って帰ってしまったのか、と思うと、何となく心の緊張が解けた。

ところが、しばらくして私の番号が壁の電光板に表示された時──。

こつん、と後ろから背中を小突かれたのだ。振り向くとそこに、彼女が立っていた。

「宇城先生?」

仔猫《こねこ》のようにちょこっと首を傾げて、彼女は云った。

「やっぱりそうだ。あたし、先生のファンなんです」

「ファン?」

「教養部の時は、いつもいちばん前で先生の講義、聴いてたんだけどなあ。『社会学II』の講義です。憶えてませんか。——ませんよね。いっぱい学生、いたから」

「ああ……うちの学生なんですか」

まずいところで会ったものだ、という思いがとっさに首をもたげた。社会学の宇城助教授が神経科の医者にかかっている、とは、あまり学生たちの間に知れ渡ってもらいたくない噂だったから。

しかし一方で、呆気《あっけ》に取られるようなその偶然を、私が嬉しく思ったのも事実である。

「ファンなんです」という、いかようにも意味を解釈できそうな言葉に、年甲斐《としがい》もなくとやはり云うべきだろうか、妙な胸のときめきを覚えもした。

「あたし、咲谷《さきたに》由伊」

と自己紹介して彼女は、どちらかと云うと幼《おさな》造《づく》りの顔にふと、はっとするようなコケティッシュな笑みを浮かべた。

「国文学専攻の三年生です。顔と名前、憶えてくださいね」

＊

私たちは愛し合うようになった。

出会ってから一ヵ月も経った頃には、彼女は独り暮らしの私の家へしばしば遊びにきては泊まっていくようになった。私の車に乗って一緒に大学へ行くこともあった。そこに至るまでに、どういった男と女の駆け引きが私たちの間にあったのか、そのあたりのことはくだくだとは語るまい。どうとでも想像してもらえればいい。

十七歳という大きな年齢の差が気にはなったけれども、私がそれを云うと、由伊は「どうして？」とたいそう不思議そうな顔をしていた。私が三年前に離婚した経歴を持つこと（つまりはそれが、私の精神が当時、病的な消耗状態にあった直接の原因だったわけだが）も、彼女は「ぜんぜん気にしない」と云ってくれた。

初めて彼女を抱いた夜、彼女は私の腕の中で驚くほどに乱れた。すでに男をよく知った身体であることは疑うべくもなかったが、私はべつに彼女の過去をあれこれ詮索《せんさく》したいとは思わなかった。

「いいんだよ先生、食べちゃっても」

と云った、その夜の彼女の言葉を、今でも鮮明に憶えている。私が彼女の左手に口づけし、指先を一本一本くわえるようにして愛撫《あいぶ》しながら、「食べてしまいたい」というような月並みな文句を囁《ささや》きかけた——それに応えての言葉だった。

「いいんだよ、食べちゃっても」

と、彼女は繰り返した。

「本当に食べてしまったら、困るだろう」

「大丈夫」

彼女は私の髪を撫《な》でながら云った。

「どうせすぐに生えてくるから」

変わった冗談だ、と思って、私は小さく笑った。しかし、彼女のほうは笑わなかった。腕を私の背中にまわし、びっくりするほどの力を込めて抱きしめ、そして大きな溜息《ためいき》をついていた。

私にはまだ、彼女のことがまるで分かっていなかったのである。

*

「結婚」という言葉を最初に私が口にしたのは、由伊との恋愛関係が始まって半年余りが過ぎた頃だった。彼女は四年生になり、そろそろ卒業後の身の振り方を具体的に考えなければならない時期にさしかかっていた。

「結婚しようか」

と、私は努めて何気ない口振りで切り出した。

週末の夜。二人でドライヴがてらレストランへ食事に行った、その帰りの車中でのことだった。

「本気？」

彼女はハンドルを握る私に目を向けた。

「あたしのこと、何も知らないのに」

「知ってるさ」

私は澄ました顔で云った。

「K＊＊大学の文学部で国文学を専攻している女子学生。成績はまずまずってとこかな。今年の八月に二十二歳の誕生日を迎える。交際を始めて半年になる十七歳年上の恋人のことを、相変わらず『先生』と呼ぶ。頭痛持ちで不眠症気味で、よく食べるけれども太らない体質。美人だが、あまり料理は得意じゃない」

その先は、ことさらのように淡々とした調子で続けた。

「咲谷家の一人娘。物心つく前にお母さんを亡くした。お父さんは外科の医者で自分の医院を開業していたが、娘が高校へ上がった直後に亡くなった。その後は叔母さんの家に引き取られて……」

「それだけでしょ」

「他にもっとどんな知識が必要なのかな」

「たとえば……」

「たとえば？」

彼女はしばしためらったあと、

「これまで、どんな男の人とつきあったことがあるか、とか」

「興味ないな。僕が愛しているのは今の君であって、過去の君じゃない」

われながら、赤面してしまいそうな台詞《せりふ》ではあった。

「でも——でもね、ひょっとしたら先生が思ってもみないような秘密があるかもしれないよ、あたしには。結婚なんかしちゃったら、すごく後悔するかも」

「何だか脅かすような云い方だね」

「………」

「結婚はしたくない？　まだそこまで考えたくないと？　それとも」

「違うよ。違う。そうじゃなくって」

口ごもる由伊の表情を横目で窺った。対向車のヘッドライトに照らされた彼女の顔には、気のせいだろうか、何かにひどく怯《おび》えているような翳《かげ》りがあった。

＊

「やっぱり話さないとね」

由伊がそう云いだしたのは、それから一週間ほど経ったある夜のことだった。

その日の彼女は、夕方に私の家へやって来た時から浮かない様子だった。どうしたのかと訊くと、「頭痛がひどくて」と云っていつもの薬を飲んでいた。私とつきあいはじめてから不眠のほうはだいぶ良くなったものの、頭痛には相変わらず悩まされており、月に一度くらいの割合で、薬を貰いに例の病院へ行っているらしかった。

二人で夕食を済ませた頃には痛みも治まったようで、そのあと彼女は珍しくいくらか酒を飲んだ。私はと云うと、医者の忠告に従ってずっとアルコールは断っていた。

どちらが誘ったというわけでもなく、それから私たちは寝室へ行き、愛し合った。由伊は、いつにもまして激しく燃え上がった。攻め立てる私の身体にしがみつき、「助けて」と何度も繰り返していた。谷底へ墜落するような声を発して、二人は同時にはじけた。

心地好いけだるさと充足感に浸りながら、私は汗にまみれた由伊の額《ひたい》に口づけした。

死んだように動かなくなっていた彼女は、すると急に目を開き、

「先生」

と唇を震わせた。そして、するりと私の腕から逃れて背中を向け、

「やっぱり話さないとね」

そう云いだしたのだった。

「やっぱり、先生には隠しておけない」

「何のことかな」

私は仰向《あおむ》けになり、ベッドサイドのテーブルから煙草を取り上げた。

「そう改まった調子で云われると……」

「あたしね」

毛布を抱き込むようにして身を丸め、彼女は細い、今にも途切れそうな声で云った。

「あたし――あたしのこの身体、呪われてるの」

何のことだか、私にはもちろんわけが分からなかった。

「呪われてるの。誰かが呪いをかけたの」

「呪いをかけた？　――誰が」

「知らない、そんなこと」

「知らないって……」

私は言葉に詰まった。「呪い」とはいったいどういう意味なのだろう。たとえば、何か遺伝的な問題を抱えているとでもいう話なのだろうか。それとも……。

考えあぐねる私の鼻先に、彼女はすっと左手の人差指を伸ばし、

「最初は、この指だった」

と云った。

「あたしが六歳の時――。もうお母さんは死んじゃってて、お手伝いさんが毎日うちに来て家事をしてくれてたの。でもあたし、自分でもお料理がしてみたくって、台所で……背が低かったから椅子の上に乗って、まないたと包丁を用意して、野菜か何かを切ろうとしたのね。そこへお父さんが来て、何してるんだ、って怖い声で……。あたしびっくりして、手許《てもと》が狂っちゃって、包丁でね、この指を切り落としちゃったの」

「切り落とした?」

私は驚いて、目の前に突きつけられた彼女の指を見た。桜色の小さな爪が付いた、細くてしなやかな指――。

由伊は「そう」と頷いて、

「第二関節から先を」

「しかし……」

指は、ここにある。切り落とされてなどいない。それらしき傷痕《きずあと》もないように見える。

「あの人は——お父さんはね、ひどい人だった」

戸惑う私をよそに、由伊は話を続けた。

「とっても怖くて、いつもぎらぎらした目であたしを見てた。あたしのことが嫌いだったの。憎んでいたんだと思う」

「一人娘の君を？」

「おまえは俺の娘じゃないって、そんなふうによく云われたわ。お母さんがどこの誰とも分からない男に犯されて産んだ子だ、って」

「そんな」

「本当なのかどうかは知らないよ。けど、あの人はそう云ってた。お酒を飲むとすぐに酔っ払って、家の物を壊したり、あたしに乱暴したり」

「お医者さんだったんだろう？」

「そんなだから、あんまりいい評判じゃなかったみたい」

由伊はさらに小さく身を丸め、

「指を切り落としたその時も、あの人はまず怒鳴りつけたわ。子供が刃物で遊ぶんじゃない、って。あたしは痛いのと流れ出てくる血が怖いのとで、大声で泣いてた。あの人は慰めてもくれなかったし、すぐに手当てをしてもくれなかった」

「切れた指は？」

私は訊いた。

「お父さんが縫合手術を?」

身を丸めたまま、彼女は「まさか」と呟《つぶや》いてかぶりを振った。

「傷口を消毒して止血しただけで、あとは放《ほう》ったらかし」

「しかし、じゃあ……」

「不思議? 今こうして、ちゃんとその指があること」

「………」

「生えてきたの、これ」

と、彼女は云った。その声には、冗談や嘘を云っているような響きは微塵《みじん》も感じられなかった。

「何日かするうちに傷口の肉が盛り上がってきて……それで、新しい人差指が生えてきたの。トカゲの尻尾《しっぽ》みたいに。一ヵ月もした頃には、ちゃんと元の長さになって、元どおり爪も生えて」

私は言葉を失った。くわえた煙草に火を点《つ》けることも忘れて、横を向いた彼女の背中を見つめていた。「冗談だろ」と笑おうとしたが、なぜかできなかった。

「信じてないでしょ、先生。信じられないよね。でも、嘘じゃないんだよ。ぜんぶ本当のこと」

白い背がかすかに震えた。

「あたしの指が生えてきたのを知った時のお父さん、まるで狂ったみたいな目をして笑ったわ。そうか、おまえはそういう身体だったのか、って。新しい指をしげしげと見て、撫でまわして……唇を吊り上げて笑ってた。何だか悪魔みたいに見えた」

「………」

「その次はね、あたしが小学校五年生の時だった。秋の遠足の時、バスが事故を起こしたの。トラックと衝突して、ぐちゃぐちゃになって、乗っていた子供が何人も死んだり怪我をしたり……そんな事故があって。

あたしもひどい怪我をしたんだ。右腕の肘から先が、ぺしゃんこに押し潰《つぶ》されて。病院でも手の施しようがなくって、切断しなくちゃならなかったの。最近はいい義手があるから、って病院の先生は励ましてくれたんだけど」

由伊の右腕は、しかしもちろん義手などではない。どこにも欠けたところのない美しい腕が、彼女にはちゃんと付いている。

私は煙草に火を点けてゆっくりとひと吹かしし、

「その腕も、新しいのが生えてきたと云うのかい」

と訊いた。由伊はすぐに「そうよ」と頷いた。

「ほら、見て」

そう云って、彼女は私のほうに身体の向きを変え、右腕をまっすぐに伸ばした。

「肘のまわりにうっすらと痕があるでしょ。色が違ってるみたいな感じで」

私は彼女の肘に目を寄せた。はっきりとは分からないが、そう云われてみれば、そんな痕があるようにも見える。

「三ヵ月ぐらいで、元に戻ったの。指もちゃんと五本、生え揃って」

由伊は腕を下ろし、毛布の下に潜り込ませた。

「それまでの間ずっと学校は休んでたから、変に思った人はあまりいなかったみたい」

「病院の医者は？　もしも本当にそんなことが起こったんだったら、それこそ大騒ぎしただろう」

「病院の先生には何も知らせなかったの。お父さんが、知らせちゃいけないって。誰にも知らせちゃいけない。おまえのその身体のことが世間に知れたら大ごとだ。さらしものになるぞ。実験動物みたいに切り刻まれるぞ……って。あたし怖くて、だから云われるとおりにしたわ」

「………」

「その頃から、お父さんのあたしを見る目つきがだんだん変わってきた。ねちねちと、舐《な》めまわすように見るの。お酒の量もどんどん増えてきて、いつもアルコール臭かった。そしてね、あたしの身体に触るの。いやらしい手つきで」

そして彼女の父は、こんなふうに云ったのだという。この身体はわたしのものだ。この穢《けが》らわしい身体。この呪われた身体。この身体、この身体……。

憎々しげに、侮蔑《ぶべつ》するように、それでいて愛《いと》おしげに、讃《たた》えるように、彼女の父は云ったのだという。

いくら切っても生えてくる。この指も、この腕も、きっとこの足もだ。目玉を抉《えぐ》り取ってもイモリみたいに再生するだろう。穢らわしい身体だ。しかし素晴らしい。何とも素晴らしい身体じゃないか。え？　由伊。そうだろうが、由伊……。

「それから、中学二年の冬休み――」

由伊の話はまだ続いた。

「寒い夜だった。あたしがお料理をしていたところへお父さんが来て、しつこく身体を撫でまわすの。やめてって云って、あたし抵抗したんだけど、そこで、揚げ物をしていた油を引っくり返しちゃって。それであたしの足に――左の足にね、油がかかったの。ひどい火傷《やけど》になった。ものすごく熱くて、痛くて、真っ赤に腫《は》れ上がって……」

火傷はいかん。いかんよ、由伊。醜い痕が残ったら大変だ。

そう口走りながら、彼女の父は、苦しむ娘を医院の手術室へ運んでいったのだという。そうしてそこで行なわれたこと――それは、火傷を負った足の切断手術だった。麻酔から覚めた彼女は、朦朧《もうろう》とした意識で、自分の左足の膝《ひざ》から下がなくなっている事実を知ったのだった。

「しばらくは高熱が出て、危険な状態だったっていうわ。それが治まっても、あたしはずっとベッドに寝たままで、薬が切れると痛くて……足がないから自分でトイレにも行けなかった。

切られた足はね、腕の時よりも時間がかかったけど、ちゃんとまた生えてきたの。だけどそれまでの何ヵ月間かは、本当に地獄みたいな毎日だった」

その間、彼女の父は夜ごとのように彼女を犯したのだという。片足を失い、薬漬けにされた彼女には、その忌まわしい暴力を拒むすべがなかった。されるがままに、何度も何度も……。

「誰にも相談なんてできなかった。助けてくれる人なんていなかった」

いつしか由伊の声は、涙まじりのかぼそい呟きになっていた。

「足が元に戻ってからは、逃げたり抵抗したりしたのよ。けどね、お父さん、今度はどこを切ってほしい？　って云って脅かすの。だからあたし……」

超人的な再生能力を持つ自分の娘の肉体を切り刻み、犯す父親。

そのとんでもない光景を想像して、私は戦慄《せんりつ》せざるをえなかった。が、しかし――。

いったい彼女のこの話を、どこまで本気で受け止めれば良いのか。大いに困惑したのはもちろんのことである。

「お父さんが死んだのは、どうして」

私のその質問に、由伊は細かく肩をわななかせた。

「あたしが、殺したの」

ふたたび私に背を向け、彼女は消え入るような声で云った。

「高校に上がった年の春、だった。酔って襲いかかってくるお父さんを、階段の上から突き飛ばして……。事故だって、嘘をついたわ。警察の人も、叔母さんたちも、誰もそれを疑わなかった」

息を止めるようにして言葉を切る。洟《はな》を啜《すす》り上げる音が小さく聞こえた。

「呪われた身体だってお父さんが云ったの、本当にそうだと思う。こんなの、人間じゃない。化物よ。どこを切っても生えてくる。生えてくるのよ。トカゲやイモリみたいに。首を切り落としたとしても、きっと新しいのが生えてくるわ」

「…………」

「嫌いになった？　なったよね。それとも先生、ぜんぜん信じてくれない？」

私は返答をためらった。

酒が入ってもいないのに、深酔いでもしているように頭がくらくらしてきていた。唇を舌先で湿しながら、ねっとりとした唾《つば》を何度も呑《の》み込んだ。

由伊が、おずおずとこちらに身を向けて目を上げた。その茶色い瞳を見つめながら、やがて私はゆっくりと頷いていた。

そんな莫迦《ばか》げたことが、という気持ちは強くあった。あまりにも唐突で、現実離れしすぎた話だった。けれども――。

信じよう、とその時、私は思ったのだ。

信じよう、信じることにしよう、と。

そうしてなおかつ、私は彼女を愛しつづけよう。彼女の語ったのが現実の出来事なのかどうか、それは問題の本質ではない。たとえ彼女の心が何らかの狂気を孕《はら》んでいて、今の話はすべてそれが産み出した妄想なのだとしても……そういった歪みを全部ひっくるめて、私は彼女を愛そう。愛しつづけよう。

「祝福だよ」

と、私は云った。

「シュクフク?」

「人並み外れた再生の力を与えられた――それは呪いじゃなくて、祝福だろう。呪われていたのは君じゃなくて、君のお父さんの心のほうだ」

奇異なものでも見るように、由伊は小首を傾げた。瞳にかすかな光が滲《にじ》み、揺れた。

震える白い肩を抱き寄せながら、

「結婚しよう、由伊」
改めて私はそう云った。

＊

その年の秋、私たちは由伊の卒業を待たずに結婚した。

私のほうが再婚だということもあって、式だの披露宴だのはいっさい行なわなかった。由伊もべつにそれを望まなかった。籍だけを入れ、そのあと私たちは、隣県の山間部にある私の別荘で二人だけの一週間を過ごした。

この別荘は、死んだ私の父が晩年に建てたものである。かなり古くなってきてはいるけれども、欧州の山小屋風に造られた洒落《しゃれ》た建物で、まとまった論文を書く時や独りきりになりたい時にやって来る、云ってみれば私のお気に入りの〝隠れ家〟だった。別れた前の妻をここに連れてきたことは、一度もない。

入籍に先立って、私は由伊の郷里の町へ赴いた。高校時代からの保護者である、由伊の母方の叔母に会うためだ。

彼女は存外にあっさりと私たちの結婚を認め、祝福してくれた。が、内心どのように思っていたのか、私には分からない。そもそも彼女が姪《めい》に対してどういった感情を持っているのか、その時の彼女の態度からは判断できなかったし、由伊の口からそれが語られることもなかった。また、そこで由伊の亡父に関する話題が出ることはなく、私のほうもしいて訊こうとはしなかった。

このように、何かにつけ〝世間並み〟からは懸け離れた結婚だったが、それでも私たちは充分に幸せだったのである。少なくとも、そう、その年——まだ去年のことなのか——いっぱいは。

＊

年が明けた頃から、由伊は以前よりも頻繁に頭痛を訴えるようになった。それと並行して、眩暈《めまい》や耳鳴りなどの不調もしばしば訴えるようになった。

薬を貰いにいくだけではなくて、一度きちんと検査を受けたらどうか、と私は云ったのだが、彼女は生返事をするばかりでなかなか従おうとはしなかった。それはもしかすると、詳しい検査によって万が一、自分の特異な体質のことが知られたら……と恐れたからなのかもしれない。

一月の中旬、彼女はぶじ卒業論文の提出を終えたのだが、その頃から今度は、やたらとよくものを忘れるようになった。財布や鍵がないと云って大騒ぎしたり、夕食が終わってしばらくしてから、今日の夕食は何にしようかと云いだしてみたり……と。

初めのうち、私はさして気に懸けてもいなかったのだけれど、日を追うにつれてその程度がひどくなってくる。

これはどうも変だと思いはじめていた——あれは、二月下旬のある日のことだった。

「どうしてよ。何で？」

その朝——確か日曜日だったと思う——、私は由伊のそんな声で目を覚ました。

「誰？」

横にいる私の顔を、彼女は怯えたような目つきで見ていた。

「誰なの、あなた」

私はもちろんわけが分からず、寝ぼけ眼《まなこ》をこすった。

「どうした、由伊」

「誰なの」

彼女はベッドから出て、部屋の隅へとあとじさっていった。

「何なのよ、いったい」

「由伊？」

私はようやく、彼女の状態が尋常ではないことに気づいた。こちらを見つめる目は、真剣に何かを恐れているふうだ。寝とぼけたりふざけたりしている様子ではない。

「僕だよ、由伊。どうしたっていうんだい」

「誰、あなた」

髪を振り乱して、彼女は大きくかぶりを振った。頬《ほお》が蒼《あお》ざめ、こわばっている。

「どうして？　あなたがここにいるはずなんて……」

「由伊」

私は起き上がり、声を強くした。

「何を云ってるんだ。僕だよ。分からないのかい、由伊」

「……あ」

そこでやっと、彼女の緊張が解けたのだった。放心したような表情でおろおろと視線をさまよわせたあと、

「ああ、先生」

そう云って私の顔を見直した。結婚してからも彼女は、私のことを「先生」と呼びつづけている。

「あたし……」

膝を床に落とし、彼女は両手をこめかみのあたりに当てた。

「何だろう。どうしちゃったのかな、あたし」

「由伊」

私は彼女に歩み寄り、華奢なその身体を抱きしめた。

「最近、変なの。何だかあたし、ときどき自分が何を考えてるのか分からなくなって」

由伊は私の胸に額をこすりつけた。

「頭の中身がね、何か真っ黒な穴に吸い込まれていくみたいな……」

「大丈夫。大丈夫だよ、由伊」

乱れた髪を撫でながら、私は子供をあやすようにそう繰り返すしかなかった。

＊

萩尾に電話で相談してみたところ、彼はすぐにでも病院へ来て検査をしたほうがいいと云った。

物を置き忘れたり何度も同じことを訊いたりする、その程度ならば誰にでもある健忘だが、自分の夫の顔を見て何者だか分からないというのは問題だ。単純なヒステリーの一症状だとも考えられるが、それまでに眩暈や耳鳴りの症状が長く続いているというのがどうも気になる、と云うのである。

由伊はやはり気が進まないふうだったが、それを説得して病院へ連れていった。そうして受けさせた精密検査の結果——。

クロイツフェルト・ヤコブ病。

耳慣れぬそんな病名を聞いて、私は最初、どのように反応すればいいのか分からなかった。だが、その診断を告げた萩尾の口調や表情から、それが決して気軽に口にできるような種類の病気ではないことを察するのは容易だった。

「CTを撮ってみて分かった」

萩尾は険しい顔で説明した。

「大脳と小脳に見られる特徴的な海綿状態、そしてグリオーシス。脳波にもそれらしき徴候がある」

「まずい病気なのか」

「百万人に一人っていう奇病だよ。普通は四十代以降にかかる病気なんだが」

「四十代？　由伊はまだ二十二だぞ。それが何で」

「分からん。そんな前例はほとんどないのかもしれないが」

萩尾は憮然《ぶぜん》と首を振り、

「だいたい原因がまだはっきりしていない病気なんだ。今のところ有力な説は、いわゆるスローウィルスの感染症であるという……」

「どうなるんだ」

私はわれ知らず身を乗り出し、声を荒らげていた。

「治るのか。治療法は？　薬、手術、それとも」

「落ち着けよ、宇城。気持ちは分かるが、ここでおまえが取り乱したらおしまいだろう」

「ああ……」

私は大きく息を吸った。萩尾は苦々しげに眉を寄せながら、

「可哀想《かわいそう》だが、根本的な治療法はない」

と非情な宣告を下した。

「治る可能性はないってことか」

「そうだ。病気の進行もかなり速い。これからもっと痴呆《ちほう》化が進んで、おそらく一年以内には……」

「死ぬ、と？」

萩尾は私の顔から目をそらし、ゆっくりと頷いた。これが、今年の三月初めのことだった。

＊

診断された病名を私は本人には伝えず、ただ、だいぶ神経がまいっているらしいから

しばらく安静にしているように、とだけ告げた。四月から由伊は、私の紹介で大学付属の研究所に事務員として勤める運びになっていたのだが、身体の不調を理由にそれも行かせないことにした。

萩尾によれば、興奮状態にある時には向精神薬を、眠れない時には入眠薬を、といった対症療法を続けるしか打つ手はないという。私にはその言葉に従うしか能がなかった。

春になり、由伊の病状は目に見えて悪化していった。

記憶の障害は、ここはどこなのか、今はいつなのか、といった基本的なところにまで及びはじめた。私の顔や名前を思い出せなくなることもしばしばあり、そんな時は途方に暮れて泣きだしたり、仮面のような無表情になったりした。唐突に怒りだしたかと思うと、わけもなく大声で笑いだしたり喚《わめ》き散らしたりすることもあった。

やがて彼女の脳は、現在に近い部分から順に、さまざまな記憶を完全に失っていくのだろう。思考能力や認識能力も低下し、満足に言葉が操れなくなり、歩行や排泄《はいせつ》すらもままならなくなり、そして……。

そういった未来を想像すると、私の気までもがおかしくなってしまいそうだった。

高さも幅も測り知れぬ巨大な黒い壁が、目の前に立ち塞《ふさ》がっている。そんなイメージがあった。つらいとか悲しいとかいう感情を超えた、それは自分を取り巻くこの世界そのものへの絶望の象徴だった。

いつしか私は、断っていた酒に手を伸ばすようになった。しらふの状態で現実を受け止めることがとてもできなかったから。——唾を吐きかけて踏みつけてやりたいほどに、私は弱く卑怯《ひきょう》な男だった。

夏が過ぎ、秋が来た。

病は確実に由伊の脳を蝕《むしば》み、私は確実に二年前のアルコール依存症へと逆戻りしていった。大学の講義は休講が増え、教授会や研究会にもほとんど出席せず、家に閉じこもっていることが多くなった。

萩尾は由伊を入院させるよう勧めたが、私は頑として拒んだ。彼女をずっと自分のそばに置いておきたかったからだ。他人の目に触れさせたくなかったからだ。それはおまえのエゴだろう、と萩尾は云った。確かにそのとおりかもしれない。しかし、エゴだろうと何だろうとかまうものか……。

「あの別荘へ行きたい」

十月も下旬のある日、由伊がそんなふうに云いだした。

痴呆化が進む中で、彼女は時として断片的な記憶を取り戻し、正気に戻ったかのように見えることがある。その時の彼女は、蒼ざめ窶《やつ》れた頬にふと、ぞくりとするほどに美しい笑みをたたえ、私の顔をじっと見つめて云ったのだった。

「あの山の中のおうちに……ね、行きましょ、先生」

そして私たちは、ここに——結婚直後の一週間、この上なく幸せな時間を分かち合ったこの別荘に——やって来たのだった。

別荘に到着した夜の由伊は、どこかしら普段とは様子が違っていた。

夕食のあとしばらく居間のソファでぼんやりしていたかと思うと、いきなり山猫のように目を光らせ、私を求めてきた。私はうろたえつつも、それに応えた。

その時の彼女の乱れ方は、怖くなるほどに激しく、何やら獣じみてすらいた。私は彼女の病のことも忘れ、狂ったように白い肉体をむさぼった。

「助けて。ああ、助けて……」

加速度をつけて昇りつめていく途上で、彼女は私の背中に爪を立てて喘《あえ》ぎながら、

「……切って」

不意に、そんな言葉を口走った。

「切って。指を、噛《か》み切って」

私は驚いて彼女の顔を見た。眉間に深く皺《しわ》を寄せ、強く目を閉じ……苦痛とも快楽ともつかぬ表情で、彼女はさらに言葉を続けた。

「腕を切って。足も切って」

「由伊」

「ああ、早くして。……お父さん」

「何?」

冷水を浴びせられたような気分で、私は動きを止めた。

「何と云った、今」

私の声に、由伊はうっすらと目を開けた。

「いま何と云った、由伊」

私は詰問口調で繰り返した。

「何と云った。お父さん、とそう云わなかったか」

「…………」

「どうしてそんな」

するととたん、由伊はくつくつと笑いはじめたのだ。

呆然《ぼうぜん》とする私の目の前で、そのどこか調子の狂った笑い声は、だんだんと大きく膨れ上がっていった。耳を塞ぎたくなるような、ガラスを爪で引っ掻く音にも似た、それは異様な哄笑《こうしょう》だった。

ひとしきり笑いつづけたあと、彼女ははあはあと胸を上下させながら、

「いいこと教えてあげる」

と云った。

「どうしてあの日、あたしが病院で声をかけたのか知ってる?」

まるで突然、その心に邪悪な怪物が乗り移ってしまったかのような、刺々しい毒に満ちた笑みが唇に浮かんでいた。私は彼女の身体から離れ、

「どうしてって」

と、声を詰まらせた。

「先生のファンだった、なんて嘘。いつもいちばん前で講義を聴いていた、なんていうのも嘘」

微妙に抑揚の狂った話しぶりだった。

「先生の顔を近くで見たのは、あの日が初めてだった。あの日、あの待合室で。看護婦さんが『宇城さん』って名前を呼んだから、だからね、社会学の宇城先生かもしれないって思ったの。珍しい名前でしょ、だから」

彼女がそんなに理路整然と話をするのは、おそらくこの夏以降、初めてのことだったのではないかと思う。

「じゃあ、なぜ」

問いかけながら私は、あの待合室で私の顔をじっと見ていた彼女の様子を思い出した。妙に熱っぽい眼差し、驚いたような表情――あれは……。

「似てたから」

由伊は悪魔じみた笑みを頰に広げた。

「先生の顔が、すごく似てたからよ。——お父さんに」

＊

その後の出来事はすべて、深い酔いの中での記憶としてしか残っていない。

私は浴びるように酒を飲みつづけた。由伊に取り憑《つ》いた悪魔は去り、二度と戻ってくることはなかったが、代わりに彼女はもうほとんど口を利かなくなった。忌まわしいあの〝告白〟によって、魂《たましい》のすべてを吐き出してしまったかのように。

完全に表情をなくし、動きもそれまでよりいっそう鈍くなり、当然ながら最初の夜のように私を求めることもなくなった。

彼女を寝室に置き去りにして、私は居間で独り、暖炉に入れた火を眺めながら酒を飲みつづけた。時間の流れ方は、無数の小さな虫が私たちの心と身体を内側から喰い荒らしていく光景を想起させた。

＊

事件が起こったのは、別荘に来て四日めの深夜だった。どろどろに酔い潰れ、居間のソファで眠っていた私は、とつぜん部屋の空気を震わせた異音で目を覚ました。

その時すでに、ことは起こってしまったあとだった。

汚れたパジャマを着た由伊の身体が、暖炉の前に横たわっていた。火の消えかけた暖炉の中に頭を突っ込むようにして、うつぶせに倒れている。髪の毛が焼け、強い異臭を発していた。ちろちろと赤い舌を出しながら、今にも火がパジャマに燃え移ろうとしているのが見えた。

「由伊っ！」

私はソファから跳び起き、もつれる足で彼女に駆け寄った。

空のウィスキー壜が、倒れ伏した彼女の足許に転がっていた。この壜に足を取られて、暖炉に突っ込んでしまったのか。いや、それとも……。

暖炉から由伊の頭を引きずり出すと、パジャマを焦がす火の粉を払った。テーブルに置いてあった水差しを取り上げ、中の水を全部ふりかける。

由伊は気を失っているようだった。

弱々しい呻《うめ》き声が喉《のど》から洩《も》れる。手足が細かく痙攣《けいれん》する。

私は彼女の身体を仰向けに返した。髪はすっかり焼け焦げ、顔は灰にまみれて赤黒く腫れ上がっている。かつて私の胸をときめかせた妖精のような美しさは、そこにはもはや見る影もなかった。

「由伊」

声をかけても反応はなかった。

「ああ、由伊……」

手当てをしようという気力もなく、私は崩れるようにしてその場に腰を落とした。彼女の手を握りしめ、彼女の名を繰り返し呼びながら泣いた。いくら呼んでもしかし、彼女は何も応えてはくれなかった。

アルコールに侵された私の頭に、その時ふと浮かんだ言葉——。

「首を切り落としたとしても、きっと新しいのが生えてくるわ」

それは結婚の前、由伊が自分の過去を打ち明けた時に口にした台詞だった。

首を切り落としても、新しいのが生えてくる。——新しい首が生えてくる。

「火傷はだめだ。だめだよ、由伊」

私は譫言《うわごと》のように口走っていた。

「由伊……。呪いじゃない。そうだ。君の身体は祝福されているんだよ」

どうして今まで思いつかなかったのだろうか——と、痺れた頭の中で呟いた。

そうだ。彼女のこの身体は普通の身体ではない。祝福された、特別な身体なのだ。

首を切り落としたとしても、すぐに新しい首が生えてくる。——そうだ。そうだとも。

新しい無傷の首が、胴体から生えてくるのだ。

私は由伊を抱き上げ、浴室に向かった。

彼女を脱衣所の床に寝かせておいて、階段の下の物置へと走る。目的は、そこにしまってある工具箱の中の鋸《のこぎり》だった。

脱衣所で由伊を全裸にし、浴室の中に運び込んだ。真っ白な美しい肌と火傷を負った首から上との対比は、あまりにもおぞましく無惨で、私に行動を急がせた。

その時点で、由伊の心臓がまだ動いていたことは確かである。鋸の刃が頸部《けいぶ》の動脈を切った時に噴き出した血の勢いが、それを物語っていた。

首の切断によって、彼女の生命はいったん活動を停止するかもしれない。だが、やがて傷口から新たな頭部が生えてくる。忌まわしい病に冒されていない健康な脳を持った、新たな頭部が。

私はそう信じて疑わなかった。

再生した大脳はおそらく、これまでの記憶をまったく失ってしまっていることだろう。しかし、よしそうであったとしても、私が空っぽのその脳に新たな記憶を与えてやれば良いのだ。

彼女が誰なのか、私は何者なのか。私たちはどのようにして出会ったのか。いかに私が彼女を愛しているか、そして彼女がいかに私を愛していたのか。それらをすべて、私が彼女にしっかりと教えてやろう……。

飛び散る血と脂《あぶら》にまみれつつ、私は由伊の首を切断した。

身体をきれいに洗い清めると、居間に運び、白いドレスを着せて揺り椅子に坐らせた。

切り落とした頭部は考えた末、庭に埋めてやることにした。

＊＊＊

そして、今……。

あの夜からどれだけの時間が過ぎたのか、私にはよく分からない。数日、それとも数週間。あるいはもう何ヵ月も経っているのかもしれない。

外では激しく冷たい雨が降っている。この雨がいつから降りはじめたのか、どのくらいのあいだ降りつづいているのかも、私にはよく分からない。

時の流れが歪んで感じられる。いつまでもこの冬が続き、雨は大地を打ちつづけるように思える。私たちを包み込んだ世界は、そうして果てしもなく冷えていく、果てしもなく閉じていく。そんな気もする。

私は待ちつづける。飲んだくれ、揺り椅子に坐った由伊に話しかける。けれど彼女は、やはり何も応えてはくれない。

まだなのか。

まだ、新しい首は生えてきてくれないのか……。

暖炉の火が消えかけている。くべる薪《まき》もそろそろ尽きてきた。

空になりかけたウィスキー壜を傾け、最後の一滴まで喉に流し込む。壜を放り出し、絨毯の上を這《は》い進み、私は由伊の足にすがりつく。

「由伊……」

ああ、由伊。まだ元に戻ってはくれないのか。早く蘇《よみがえ》っておくれ。私をこれ以上、独りにしないでくれ。この冷たい世界に置き去りにしないでくれ……。

足首を握りしめ、頬を擦《す》り寄せる。しかしその肌には、かつてのような温もりや弾力はまったくないのだった。

じゅっ、と肉から皮が剝《は》がれる音がする。青みを帯びた土気色の皮膚が破れ、濁った汁が滲み出す。

部屋には嫌な臭《にお》いが立ち込めている。

これは、腐臭だ。

由伊の身体が――肉が、内臓が、腐っていく臭いだ。

私はのろのろと立ち上がり、首の切断面を覗き込む。どす黒い血の塊《かたまり》がこびりついた、醜い傷口。――何の変化もない。何の兆しも見られない。

「だめなのか、由伊」

私は頭を抱え込む。

「だめだったのか、由伊」

呪われた身体。祝福された身体。どこを切っても生えてくる……。

あれは嘘だったのか。さもなくば、あの時すでに病に冒されはじめていたのかもしれない彼女の精神が産み出した、ありうべくもない妄想だったのか。

ふたたび彼女の足許にうずくまり、身悶《みもだ》えしながら嗚咽《おえつ》を洩らす私の耳に、その時――。

「……ああ」

外で降りつづく雨の音に交じって、そんな声が聞こえてきた。

「ああああああ……」

私の心にはその時、それが何なのかをゆっくり考えてみる力も残ってはいなかった。

ふらりと身を起こし、その不気味な声に引かれるようにして玄関へ向かった。

「ああああ……」

扉の外から響いてくる。赤ん坊が泣く声のようにも、何か小さな獣が鳴く声のようにも聞こえる。罅割《ひびわ》れた、甲高い声。いったいこれは……。

私は恐る恐る扉を開いた。そして、そこに見た奇怪なもの。それが果たして、アルコール漬けになった自分の脳が見せる幻覚なのか、それとも現実の存在なのか、あまりのことに私には判断がつかなかった。

そこには、由伊がいた。

焼け爛《ただ》れた由伊の顔。雨に濡れ、泥まみれになった由伊の顔。その口が裂けるように開き、異様な声を発しているのだった。

何が起こったのかを、私はようやく理解した。

首を切り落としたとしても、きっと新しいのが生えてくるわ。――彼女のあの言葉は正しかったのだ。

私が鋸で切断した首の傷口から今、胎児のような胴体が生えている。その小さくいびつな胴体からはさらに、二本の腕と足が生えようとしている。

こちらが再生の本体だった。――そういうことなのか。

悚然《しょうぜん》と佇《たたず》む私の姿を彼女の虚《うつ》ろな目が捉《とら》え、爛れた唇が「先生」と動いた。私は震える手を伸ばし、彼女を抱き上げた。

# 書く機械《ライティング・マシン》

有栖川有栖

有栖川有栖《ありすがわ・ありす》

一九五九年、大阪府生まれ。同志社大学卒。書店勤務を経て、八九年『月光ゲーム』でデビュー。論理性を重視する本格推理作品を手がける。二〇〇三年、『マレー鉄道の謎』で日本推理作家協会賞を受賞、二〇〇八年、『女王国の城』で本格ミステリ大賞を受賞。主な著書に『海のある奈良に死す』『スイス時計の謎』『乱鴉の島』『江神二郎の洞察』『鍵の掛かった男』などがある。

1

印刷所に見本の出来予定を確認する電話を終えて、ふと顔を上げると、藤原《ふじわら》と視線が合った。薄いブルーが入った眼鏡の奥の目が細くなり、「栗山君《くりやま》」と呼ぶ。

私は「はい」と答えて、席まで早足で向かう。書籍出版部に移ってきて二ヵ月になるが、まだこの編集長とは呼吸が合っていないようなので、機敏に動きます、というところをアピールしておくにこしたことはない。

「益子《ますこ》さんの担当をしてくれないかな」

いきなり用件を切り出された。ああ、そのことか。益子紳二《しんじ》を担当している女性編集者は、来週から産休に入ることになっていた。

「狭間《はざま》さんが復帰するまでのピンチヒッターですね？」

そう思い込んで訊《き》くと、藤原は首を振る。

「この機会に君に担当を代わってもらおうと思うんだ。益子さんの、読んでる？」

たまたま全作品を読んでいた。といっても、デビューして二年ちょっとしかたっていない彼の著作は、まだ三冊しかない。

「みんな読んでいるんなら好都合だな。で、あの人の小説を君はどう思う?――ああ、立ってないで座りたまえ」

今日の午後は、ほとんどの部員が外出して、彼の机のまわりはがらんとしていた。手近な椅子に腰を降ろしてから、「そうですねぇ」と感想を述べかけたのだが、編集長は私の回答を待たなかった。

「悪くないんだけど、よくもないだろ。お試し期間が過ぎたら、読者は他に逃げていってしまいそうだ。ああいうユーモアタッチの推理小説で売り出したい、と考えている作家やその予備軍はたくさんいるし、正念場にきてるね。軽妙洒脱《しゃだつ》な筆致で読ませるタイプの作家だとふんでるのに、妙に重いところがあるし、筆が遅いのもよくない。はっきり言って、このままだとキツイかもしれない」

あなたこそ随分とキツイな、と思いつつ頷《うなず》いた。辛《から》い評価ではあるが、そう言われてみれば異を唱える気にもならない。私だって、自社が主催する新人賞作家だからしばらく注目していただけであって、一読者の立場だったら、益子紳二の新作を書店で見かけても、次回は手に取らないかもしれない。そんなふうに考えながら担当編集者になることは、決してよいことではないのだが。

と、私の心の動きを見透かしたように――

「間違わないでくれ。僕は、益子さんを買っていないわけじゃない」藤原はきっぱりと言った。「その反対だ。益子紳二には、大きな力が眠ったままになっている、と信じている。そのことを、本人がまるで判っていない。狭間君も。それじゃ駄目なわけでね、作家が自分のポテンシャルに無自覚でいるのなら、編集者が肩を揺すぶってでも気づかせてやるべきなんだ。それが務めだ」

色つき眼鏡の奥の目が同意を求めていた。どうしてそんなに力むんだろう、と思いながら、「そうですね」と応える。入社三年目で、科学雑誌や芸能雑誌の編集しか経験していない自分に、作家との接し方の指南をしてくれようとしているのか？

「狭間君にもそう話した。そうしたら彼女はすぐ理解してくれたんだけれど、おめでたで休暇に入ってしまうからね。そこで、だ」藤原はにこりと笑う。「彼女のバトンを君に引き継いでもらいたい。益子紳二をでっかく育ててみようじゃないか。大化けさせよう」

お前に大役を任せるんだぞ、と言いたいらしい。益子が大化けするかどうか、ピンとこなかったが、「やってみます」と答えた。

「今晩、予定をあけておいてくれ、と言ってあっただろ。益子さんと会って晩飯を食うんだ。君も同席してくれ。新しい担当者として紹介するよ。後になって、あれが益子紳二の第二の誕生日、記念すべき日だった、と言える夜にしようじゃないか。いや、彼だけでなく、栗山君にとってもそうであるようにしたいね。君は、名伯楽になれる」

名伯楽というのは、藤原が好きな言葉であり、彼自身、社の内外でそう評されていた。彼が尊敬する人物は、元ジャイアンツの荒川《あらかわ》打撃コーチだと聞いたことがある。投手だった王貞治《おうさだはる》を左打ちの打者にし、一本足打法を授けたプロ野球界の名伯楽。古い話だ。

それにしても、今日はやけに大仰な表現をする。少し躁鬱《そううつ》気味の男ではあるので、躁の時期に突入したのかもしれない。

「僕はね、君にも大いに期待しているんだ。君には編集者をやっていく上で必要な能力も熱意も、人一倍、具《そな》わっている。僕の眼力は確かだよ。――じゃ、六時半にここを出るから、仕事に戻ってくれ」

有望だと言われて悪い気はしないが、はたして鵜呑《うの》みにしていいものやら……。私は半信半疑のまま、席に戻った。

2

藤原が予約していたのは、銀座のとあるイタリア料理店だった。彼がよく打ち合せに使うという小洒落《こじゃれ》たレストランだ。約束の時間の五分前に着くと、益子紳二は入ったところの椅子に座って待っていた。両膝に手を置き、畏《かしこ》まっている。

藤原が声をかけながら寄っていくと、益子はぴょこんと立ち上がった。編集長と会うというので、いくらか緊張している様子だ。「私もきたところです」と、何だか弁解するように強調した。

私は、益子と初対面でもなかったのだが、これまでは挨拶をしたことがある程度だった。それも、彼がデビューして間もない頃だ。当時、市役所勤めをしていた益子の印象は、いかにも実直な公務員という風情だったが、それから二年余りが経過して会った印象は——ほとんど同じだった。律儀なぐらいきっちりと七三に分けた髪型も変わっていないし、ポロシャツとスラックスという服装もいたっておとなしい。もともとが痩躯《そうく》だったのが、さらに痩《や》せたようだ。シャツの胸や腹のあたりに空気が入っている。

予約席に案内されると、藤原がすぐに私を紹介したので、着席する前に名刺を交換した。益子は、受け取った名刺を額の前に押しいただくようにしてからしまった。自分の方が五つほど年長なのに、慇懃《いんぎん》な人だ。

「この栗山は、以前から益子さんの作品をとても高く評価していましてね。それで、狭間からバトンタッチをしてもらうことにしたんですよ。まだ書籍に異動してきて二ヵ月ですけど、やりますよ。うちの部のホープだから、文壇のホープの益子さんにはぴったりかな、と考えてます」

ホープと持ち上げられて面映《おもは》ゆかったが、どうやらそれは益子も同様らしかった。

「いやぁ、私はそんな……」と細い声で言う。

「僕はね、今夜を特別な夜にしたいんです。益子さんが新しいスタートを切るお手伝いをさせてもらいますよ」

藤原は意味ありげに言うと、てきぱきとワインを選び、コース料理の注文をした。そして、乾杯の際にも「新しい門出に」などと気障《きざ》な台詞《せりふ》を口にするのだった。

料理が運ばれてくると、益子が他社の書き下ろし長編を執筆中であることを知っていた藤原は、その進捗《しんちょく》状況などを尋ねる。そちらは脱稿が間近らしい。

「では、次のうちの長編にかかってもらえますね。今度の作品の出来はいかがです?」

益子は「まぁまぁです」と、ぼそぼそ答える。性格なのだろうが、覇気のないしゃべり方だ。

「まぁまぁね。じゃあ、うちには傑作を書いてもらいましょう」

藤原は笑みを浮かべて言う。その横顔を見た私は、おやっと思った。眼鏡の奥の目は、少しも笑っていない。むしろ、険しさが漂っているではないか。どうやら、益子の態度を、あまり快く思っていないようだ。そして、作家本人もそのことに薄々気がついているらしく、緊張した面持ちをしていた。

それからしばらくは、砕けた雑談が続く。話すうちに、益子に対して好感を覚えるようになっていった。自分を飾ったりしないし、こちらの話には一生懸命に耳を傾けてくれる。内気で人見知りをするタイプらしいが、生真面目で誠実そうだ。何よりも、小説を書く態度が真摯《しんし》なことがよく判った。小説について話している時は目が輝くのに、話題が最近の流行風俗や業界のゴシップに流れかけると、それがとたんに失《う》せる。

「次回はどんなものをお書きになろうと構想しているんですか？」

食後のジェラートを食べながら尋ねてみた。熱心な口調の答えが、すぐに返ってくる。ひと口でまとめると、連続殺人鬼と銀行強盗がばったり出会い、お互いに相手の正体に気づかないまま車で珍道中をする、というストーリーらしい。二人の素性が警察に割れてからは、凄《すさ》まじいドタバタ・アクションが展開するという。ギャグとアクションの両方にたくさんのアイディアが必要になるだろう。うまく書くのは骨が折れそうだ。

「ユーモアタッチなんですが、どちらも凶暴な男ですから、かなりブラックな味になると思います。アメリカのロード・ムーヴィーの雰囲気を日本にうまく置き換えたいとも考えているんですけれど……」

語尾が弱々しいのは、編集者たちの反応を気にしているためだろう。なかなか面白そうだな、と思ったが、上司より先にコメントするのは控えた。その藤原の反応はというと、「なるほど」と言ったきり、腕組みをして黙ってしまった。これでは、小心な益子でなくても不安になろうというものだ。私は、助け船を出すことにした。

「面白そうですね。楽しみです」

益子は「ありがとうございます」と、ぺこりと頭を下げた。藤原はむっつり黙り込んだままである。意地が悪い。

「題名は決まっているんですか？」

「まだです。あれこれ迷ってるところで」

編集長が腕組みを解き、テーブルに片肘を突いた。

「その作品で勝負できますか？」

いつもより二オクターヴほども低い、どすの利いた声だったので、私はどきりとする。益子は思わず座り直して、背筋を伸ばした。

「……駄目でしょうか？」

「悪くないと思います。もちろん、書き上がったものを拝見しなくては判断できませんけれどね。悪くありませんよ。率直に言うと面白そうです。勝負できるかもしれない」

搾《しぼ》り出すようなその独白の意味は、私にはよく判らなかった。益子が尋ねる。

「あの……勝負というのは、どういうことでしょうか？」

「その作品をもって益子紳二の存在を読者に決定的にアピールできるかどうか。僕はそれを考えていたんです。うまくいけば、あなたは出版界の寵児《ちょうじ》への大きな第一歩を踏み出すことができる。しかし、もしも失敗すると、当分、スポットライトは当たりませんよ。断言してもいい」

もう少し別の言い方はないのか。いくら名伯楽とはいえ、そこまで言うのは傲岸《ごうがん》ではないか。作家だって感情があるのだから。鼻っ柱が強い作家なら、そんなことを言われたら「この野郎、何をえらそうに」と反発して発奮するだろうが、益子の性格だと萎《い》縮《しゅく》するだけかもしれない。——ほら、世にも頼りない顔になっている。

「つまり、勝負というのは……この作品で失敗したら、もうお前には仕事を回さないぞ、ということでしょうか？」

「僕はそんな恫喝《どうかつ》はしない。ただ、あなたのことを真剣に考えているだけです。ここで飛躍しなくては、後から後から出てくる新人作家に置いていかれますよ。存在感を示すにはこれが最後のチャンスかもしれない」

そういう言い方は立派に恫喝ではないか。作家なんてものは、どこで大輪の花が開くか判らない。それを、インスタント食品の新製品みたいに扱うのは不適切だし、だいたい失礼だ。こんな粗野なやり方を自分は学びたくない。

益子は目の前のコーヒーにも手をつけず、うな垂れてしまった。その気持ちは判るが、しかし、この人もまた迫力不足だ。見ていてくれ、と胸を張ってみせればいいのに。

記念すべき夜どころか、今夜は失敗だったな、とがっかりしていると、「益子さん」と藤原が高い声に戻って呼びかける。

「お時間、ありますよね？　場所を移して、今後のことを話し合いましょう。気分がぱーっとするような店で」
益子は「はぁ」とだけ応える。先生に叱《しか》られてしゅんとした小学生のようだった。
私が勘定をすませて店を出ると、藤原は「行くぞ」と号令をかけて歩きだす。どこと
なく浮かれた声なのが妙な感じだった。
彼が私たちを連れていったのは、銀座きっての高級バー。編集者が売れっ子作家をも
てなすのによく利用されることで知られた店だったが、私は初めてだった。
ふと考えてしまう。益子をこの店に連れてきたということは、さっき厳しいことを言
ったのに対する埋合せなのだろうか？　色々とキツイことも言うけれど、あなたに期待
していればこそですよ、と宥《なだ》めるために文壇バーで飲ませる。見え透いた飴《あめ》と鞭《むち》だ。ひ
ょっとすると、まだ接待なれしていない自分に、この店の使い方を教えてやろう、とい
う心積もりもあるのかもしれないな、と思うと、私の気持ちはますます冷める。それし
きのことで、記念すべき夜とは大袈裟だ。
「いらっしゃい、藤原さん。ここのところお見限りだったじゃありませんの」
着物姿のママが出迎えてくれる。私の母親に近い年齢なのだろうが若々しくて美しい。
藤原は「つまらない用事が多くてさ」と陽気に応じている。
私たちは奥まったボックスに通された。なるほどこれは選《え》りすぐりだな、というホス
テスが三人もついて、それぞれの隣に座る。益子はいかにも落ち着かないという様子で、

レザーの椅子をキュッキュと鳴らして尻をもぞもぞさせていた。

「益子さんは洋酒党でしたよね。お好きなものを頼んでください。ご遠慮なさらずに」

促されても、「いやぁ」と口ごもる。そこで、藤原がまずレミー・マルタンをボトルで注文した。ホステスたちの希望も訊きながら、ドン・ペリやフルーツの盛り合せが次々にオーダーされる。えらく豪勢だ。編集長は今日の予算をどれぐらいに見込んでいるのだろう？　このペースだと、三十万円ぐらいじきに超えそうだ。

「あらためて乾杯しましょう。益子先生の輝かしい未来に。——おい、みんな。この人の顔をよく拝んでおきなさいよ。僕が太鼓判を捺《お》す才能の塊だ。明日のスーパースターなんだから。しかも、しかも独身だよ、彼」

藤原が座を盛り上げ、ホステスたちの嬌声《きょうせい》があがった。「お若いのに凄《すご》い」「私が唾《つば》をつけちゃおうかしら」などと言われて、益子は困ったような顔になる。おだてられても、いい気分になるどころではなさそうだ。それはそうだろう。ぐるりと侍《はべ》っている彼女らは、彼がどんな小説を書いているのか知りもせず、お仕事として合わせているだけなのだ。いい気になる方が馬鹿というものだ。

「あら、益子先生って飲みっぷりも素敵」などと女たちが、かまい続ける。今後のことを話し合うどころではない。益子が喜んでいればまだしも、肝心の彼が退屈しかけているようなのが気掛かりだ。一時間ほどそうやって過ごしたところで、藤原がホステスたちに「もういいよ」と言った。

「野暮な仕事の話が残っていたんだ。後は勝手にやるから」

彼女らはこのあたりの呼吸をよく呑み込んでいるらしく、「ごゆっくり」とにこやかに言って去った。香水の香りだけが残る。

「ほっとした、という顔をしていますね」

藤原が笑い、益子は頭を掻《か》く。

「ええ、こういうところは初めてですから、お客のくせに何だか緊張してしまって」

「はは。でも、いい店でしょ？　雰囲気がいいし、女の子のレベルも高い。よろしかったら贔屓《ひいき》にしてやってください」

「いいお店ですが、私ごときが身銭を切って飲みにくる店ではありませんね。目玉が飛び出るような伝票が出てきそうで。今も、いいのかなぁ、と心配しているぐらいです」

「益子さんは慎み深いですねぇ。お気に召したのなら、ちょくちょくお連れしますよ。いや、そんなことをしなくても、じきにお一人で通えるようになる。あなたを『明日のスーパースター』と紹介したのは、おべんちゃらではありません。もうすぐ実現することです。——あなたに、その気がありさえすれば」

また次第に、藤原の声は低くなっていた。そのどこか催眠術師めいた口調に、私も引き込まれていくようだった。

「さっき伺った次回作ですが、どれぐらいかかりそうですか？」

仕事の話になって、益子は安堵《あんど》しているようだ。

「五百枚ぐらいに……ああ、期間のことですか。そうですね。まだ仕込みが充分ではないので、三ヵ月から四ヵ月ぐらいというところでしょうか」

「それじゃ駄目です」藤原は容赦なく言い切った。「駄目だ、そんなぬるいことでは」

「ぬるい……ですか？」

「あなたは素晴らしい才能を持っている。エンターテインメントの書き手として、希有《けう》な逸材です。デビューして、たちまち階段をとんとんと駈《か》けのぼることができるはずだった。それが、まだ今みたいなポジションでうろうろしているのは、自分の可能性に気づかない鈍感さと、そのぬるい気持ちのせいだ。僕には、それが歯痒《はがゆ》い」

口先だけの言葉ではないらしい。藤原の声は、苛立《いらだ》ちのせいか微かに顫《ふる》えている。あまりにずけずけと言われて、益子は茫然《ぼうぜん》となっているではないか。傷つくより、呆《あき》れて。

「そんなぬるい自分とは今夜かぎり訣別《けつべつ》してください。脱皮するんです。あなたは鶏やペンギンではなく、白鳥だ。高く遠く飛べる強靭《きょうじん》な翼を持っている。それを知りなさい」藤原は、さらにまくしたてる。「何がぬるいといって、あなたの執筆ペースです。これまでも悠長にやってきていましたが、この期《ご》に及んでまだ『三ヵ月から四ヵ月』ですって？　冗談じゃありませんよ。高層ビルを建てるわけじゃあるまいし。一ヵ月でやりなさい」

益子は、気弱な笑顔を作って「無茶ですよ」と言う。

「すぐそれだ。力を出し切ったことがない人間は、いつもそうやって逃げを打つ。意気地がない。僕は力がない人間にないものねだりをしたりしない。そんな暇はない。あなたは、やればできるんだ。やらなくっちゃ。でないと、ずるずると落ちていきますよ。現状維持なんて甘いものはない世界なんだから」

恫喝というより挑発だ。こんな体育会流の叱咤《しった》が有効なのだろうか、と私は首を傾《かし》げたくなる。酔いではなく、怒りのせいなのだろう、益子は、ほんのり朱が差した顔を上げて編集長をにらんだ。

「私は、甘えてなんかいません。小説というものをなめていないから、頭を搾り、骨身を削って書いているんです。筆が速いか遅いかで評価されるのは心外です」

「あなた、新人賞を獲《と》った時、僕に何て言ったか覚えていますか？」藤原がにらみ返す。

「ベストセラー作家になりたいと言ったんだ。好きな小説を好きなように書き続けていけたら満足です、なんてことは言わなかった。自分の作品をできるだけ大勢の人に読んでもらいたい、と熱っぽかった。その意気やよし、と僕は胸の裡《うち》で拍手したよ。作家として、見上げた決意だ。あれは本心だったんでしょ？　それなら、実現させなさいよ」

あまりの気迫に、益子は瞬時ひるんだ。藤原は口角《こうかく》泡を飛ばす。

「あなたは舞台に上がってるんだ。歌うことも踊ることもできる。そして観衆は、何が始まるだろうとわくわくしている。なのに、まだ愚図愚図しているなんてみっともないいいところだ。何もしないのなら、袖に退いて他の人と代わりなさいな」

「ひどいな、藤原さん。そんなふうに言われることはありませんよ。私は怠けてなんかいない。スローペースかもしれないけれど」

「ええ、スローですね。あなたを見ていると、二百歳まで生きるつもりでいるのかと思ってしまいます。生き急ぎなさい。あなたはね、もっともっといい作品を、今の五倍のスピードで書けるはずだ」

「いくら何でもそれは――」

「そうだったらいいのに、とも思わないんですか?」

このひと言が益子の反駁《はんばく》を封じた。黙ってしまった作家に、藤原はアジテーターのように言葉を浴びせ続ける。私は反感を覚えながら聞いていたが、弁舌の見事さは認めざるを得なかった。それどころか、驚いたことに、罵声《ばせい》めいた言葉がだんだんと甘美な響きを帯びていく。

「あなたの本の読者は五千人だ。そこそこのコンサート会場に詰め込めるだけの人数しかいない。地球上には日本語が読める人間が一億二千万人以上いるというのに、たったの五千人。悔しいと思いませんか? 心血を注いだ作品が、それっぽっちの人間にしか届いていない。せめて赤ん坊や幼児を含めた日本人全体のうち、百人に一人には読んでもらいたいと思いませんか？　それぐらいの願いは、野心でもなくごく当たり前の目標ですよ。判る人だけ読んでくれたらいい、と千人万人単位の読者を想定して書くのは、真の誇りを持たないふしだらな自己満足野郎のすることです。あなたは、そんな『小説家もどき』ではない。今の何百倍もの読者を獲得すべきだ。そうでなければ、他の作家が涎《よだれ》を垂らしそうなせっかくの才能が無駄になる。あなたならできる。そして、あなたがやれば、僕は命を懸けてもきっと売りまくってみせる。印刷所の機械が壊れるほど刷って刷って、売って売る。洛陽《らくよう》の紙価を高める、という故事どおり、この国を紙不足にして哄笑《こうしょう》してやる。そして、あなたは、小説家の代名詞となる。

印税はさぞや莫大《ばくだい》でしょうね。瀑布《ばくふ》のように金があなたの許《もと》に降ってくる。銀座の文壇バーで豪遊なんて、みみっちい。こんなしけた店なんて、丸ごと買い取ればいい。選りすぐりの女と日替わりで楽しむこともできる。ああ、畜生、うらやましいですよ、僕なんて凡夫には。そうなれば、小説を読む知性もなく、あなたの才能を理解できない阿呆どもでも、その力にひれ伏すでしょう」

あまりにも素晴らしい滑舌、名調子のせいで思考能力が麻痺《まひ》してくる。目標が誇大だし、後段は下世話すぎると思いつつも、うっとり聞き惚《ほ》れてしまう。これだけ熱く発破をかけられて、益子紳二は何と幸福なのだろう、と羨望《せんぼう》すら感じた。

彼の反応はどうか？　当の本人は――

唇を堅く結んだ益子の目に、ぎらぎらとした光が宿りだしていた。ついさっきまでとは別人のようだ。私はその変化に瞠目《どうもく》した。これまで眠っていた欲望が覚醒《かくせい》して迸《ほとばし》りだしたのか、その全身からゆらゆらと立ち上る陽炎《かげろう》が視《み》えるようだ。

「他の三文作家や小説家もどきが、とてもかないません、と泣きだすような作品を書くんです。書いて書いて書きまくる。書きまくって、機関銃のように書店に撃ち込み続けるんだ。本屋の棚を、あなたの著書で埋めつくすんですよ。やれる」

益子がうめくように問い返す。

「本当に、やれますか？」

「やれる。あなたの心に火が点《つ》いたのなら、僕が必ずやらせてみせる！」

作家は、爪をたてて自分の両腿《もも》を摑《つか》んでいた。スラックスが皺《しわ》くちゃになっている。

「……やります」

その言葉を聞くや、藤原はすっくと立った。そして、益子を見下ろしながら言う。

「出ましょう。あなたの望みをかなえるため、行動開始です」

事態の展開についていけず、私は呆気《あっけ》に取られて藤原の顔を見た。名伯楽は、悪魔めいた笑いを浮かべる。

「行くぞ、栗山君。記念すべき夜は、これから始まるんだ」

# 3

タクシーでどこへ向かうのかと思いきや、藤原が告げた行き先は四谷《よつや》の会社だった。車は、ひっそりと静まった深夜のオフィス街を走る。もう十一時になろうかというのに、益子を会社に連れていってどうしようというのか、皆目判らなかった。警備員も「こんな時間に会社で打ち合せですか？」と怪訝《けげん》そうだったが、編集長は返事もせずにエレベーターに向かう。

はて、どこへ向かうのか、と藤原の手許を見ていると、人差し指が押したのはB1のボタンである。倉庫や機械室しかないのに、どうして地下へ下りるのか、とんと見当がつかなかったが、黙って様子を見ることにした。どうやら、これから常識からはずれたことが起きようとしているらしい。

どうしてだか、藤原はB1のボタンを押したまま、指を離さない。そして、エレベーターはたかが一階分を下降しているとは思えないほど長い時間、停止しようとしなかった。地下に下りたことは何度もあるが、こんなことはなかった。おかしい。私の疑問と不安は強まるばかりだ。

やがて扉が開くと、そこはまるで見覚えのない場所だった。まっすぐに廊下が延びて、その両側に第一第二の倉庫があるはずなのに、エレベーター前は畳《たたみ》三畳ばかりの小部屋になっているではないか。コンクリートが剝《む》き出《だ》しの何もない部屋で、正面には鉄製のドアが二枚ある。益子も異様な空気を感じだしたらしく、こちらを見る。私にも判りません、と首を振って応えるよりなかった。

口をつぐんだまま、藤原は右側の扉に向かい、ポケットからキーホルダーを出して鍵を選んだ。この向こう側はいったいどうなっているのか、一刻も早く知りたいような、知りたくないようなもどかしい葛藤《かっとう》が私を襲う。

ガチリと音がして、重たげな扉の施錠が解ける。それは、泣くように軋《きし》みながら手前に開いた。この先に、間違っても天国は待っていないだろう、と予感した。

背中を向けたまま、藤原が何か言う。

「これからご覧にいれるものについて、決して他言しないでください。たとえ、わが社の人間に対してでも。お約束いただけますね、益子先生?」

益子は反射的に「はい」と答えた。藤原はやはりこちらを見ずに、私にも同じことを誓約させる。まるで国家の存亡に関わる機密に触れるみたいですね、と軽口を叩く気にもなれなかった。

「では、参りましょう」

扉の向こうに踏み入り、藤原が明かりを点けると、そこもまたコンクリートが打ちっぱなしの殺風景な部屋だった。幅はせいぜい三メートルなのだが、奥行は二十メートル近くありそうだ。ありそうだ、としか表現できないのは、何故《なぜ》か照明が暗くて、突き当たり付近がぼんやりとしか見えていないからだ。ただ、部屋の中ほどにどっしりとした机がこちら向きに置いてあるらしいことだけが判る。

「ここは何をする部屋なんですか?」

益子は気味悪そうに室内を見回す。

「小説を書いていただくために用意した部屋ですよ。間接照明なんで暗いですが、もちろん、あの机には」と藤原は前方を指して「照明が調節できるスタンドがついていま す」

「あの机で小説を書け、とおっしゃるんですか。……今、ここで?」

「ええ、そうですよ。善は急げ、ですから。あなたの体の芯《しん》に火が点いたからには、寸時も待つことはないじゃありませんか。執筆のために必要なものは、すべてわれわれが揃えさせていただきます。仕事の妨げになるものは困りますが、そうでなければ、何なりと申しつけてください。あなたは、ただ一心不乱に書いてくだされればいいんです」

益子の都合をまるで考えていない。ついさっきまで銀座で酒を勧めていたのに、深夜に会社に連れてきたかと思うと、さぁ、今ここで小説を書け、はないだろう。私の常識はそう非難しようとするのだが、何か名状しがたいものがそれを呑み込みつつあった。

常識は、扉の向こうで置いてきぼりを食わされ、この部屋の中には入れなかったのかもしれない。

「この部屋の温度、湿度などすべてが、小説を執筆する上で理想の数値に設定されています。わが社は、何百人、何千人という作家の方々に缶詰になって小説を書いていただいたことがあります。その経験を蓄積し、データを徹底分析して完成させたのがこの特別室なんです。もちろん、どの先生方にも気軽に利用していただくというものではありませんから、この方だ、という確信を持てた先生にのみ使っていただいています。社内でも機密扱いで、この部屋の存在を知っている人間は編集部内でも片手で数えられるほどです。――そうなんだよ、栗山君」

藤原は振り向いて、私をにらむように見た。それから益子に歩み寄って、右肩にそっと手を置く。

「これまでに、この部屋を利用した先生方は八人しかいらっしゃいません。名前を聞けば驚きますよ。皆さん、ベストセラー・リストの常連で、ミリオンセラーを飛ばしたこともある方、文壇の寵児ばかりだ。益子先生、あなたはね、これからそんな花形作家の仲間入りをするんです。――あの机と椅子でね」

編集長は益子の背中に手をやって、そっと前方に押し出し、大きな成功を約束するという机と椅子の方に、二人は近づいていく。そして藤原は、お前もこい、と言うように私に顎《あご》をしゃくってみせた。

バーでの藤原の熱弁を聴いた時には、ここまで発破をかけられる益子紳二は何と幸福なのだろう、と感じたが、そんな思いはどこかに飛んでしまっていた。才能ある気弱なこの小説家は、とんでもないことを受け容《い》れてしまったのではないか？

両袖の机はいかにも高級そうなマホガニーでできていた。光沢《こうたく》が美しい。広々とした甲板《こういた》の上には、デスクトップ型のワープロが一台鎮座している他には、左隅に蛇のように長い首をしたデスクスタンドがあるだけだった。辞書や地図、年鑑類などの資料は、抽斗《ひきだし》に入っているという。柔らかそうなキャンバス地の肘掛け椅子は、しごく座り心地がよさそうだ。しかし――

何かおかしい。いかにも機能的な机に比べて、どうも椅子が大きすぎるようだ。サイズだけでなく、形も変だ。新幹線のグリーン座席のようになっているのは、足許にヒーターが設《しつら》えてあるからなのだろうか？

「まぁ、お掛けになってください。いい椅子ですよ。リクライニングになっていますから、休息をとるにも最適です。背もたれは九十度近く倒れるので、寝台としても申し分ありません」

勧められて、益子は腰を落とす。と、「ほぉ」と溜め息をついて目を細めた。

「本当。これは素晴らしく気持ちのいい椅子だなぁ。まるで後ろから優しく抱かれてい

るみたいだ。クッションも普通じゃありませんね。こんなんなら、何時間座っていても
お尻が痛くならないんじゃないかな」
「ええ、そのように誂《あつら》えてあります。おそらく、日本で一、二を争うほど快適な椅子で
しょうね。最高に高価な椅子でもある」
「おいくらほどしたんですか？」
「それは言えませんが、破格の値段だったということは、使っているうちに追い追いご
理解いただけることでしょう」藤原はスタンドに明かりを灯す。「このぐらいの明るさ
でよろしいですか？」
「え……ああ、いいですね。なるほど、とても落ち着ける光だ。これも御社の研究の成
果ですか。はは」
よほど安楽なのか、益子はうれしそうだ。藤原は、にこりともしていなかった。
「ワープロは先生がご愛用になっている機種を用意しました。すぐに執筆を始めていた
だけるように。——ちょっと失礼しますよ」
彼は益子の右腕を取った。何をするのかと思うと、肘掛けの裏側からコードのような
ものを引き出して、それを益子の右手首に装着する。先が手錠のように輪になっていて、
カチリと音をたてて締まった。作家は、きょとんとする。藤原は素早く反対側に回って、
左手首にも同じことを施した。

「ご心配なく。伸縮自在のコードですから、お仕事の邪魔になることはありません」

益子が知りたいのは、そんなことではなかった。

「これは何なのか、ですか？　先生にお仕事に没入していただくための魔法の道具の一つですよ」

「魔法ですか。まさか、ワープロのキーを打つのが止まったら電流が流れる、なんていうんではありませんよね？　はは」

「いえ、それは実験段階で成果があがらないことが判明してやめました。このコードは、単に先生を机の前に拘束しておくためのものにすぎません」

「え……えっ？」

「伸縮自在と申しましたが、二メートルまでしか伸びません。キーを叩いたり、食事をしたり、排泄《はいせつ》をするのにはそれだけの余裕があれば充分にこと足りるでしょう。これまでにコードが短すぎる、という苦情を伺ったことは一度もありません」

藤原が真顔で冗談を言っているのか、どこまでも真剣に話しているのか判断できず、益子は困惑しているようだった。私は直感で判る。編集長は百パーセント本気で、爪の先ほどの冗談も交えていないことが。

「食事はともかく、排泄ってどういうことです？　まさか、これに座ったまま――」

「クッションを持ち上げると、洗浄機能つきの便座になっています。大きなタンクが備えてあるので、水洗式のトイレですよ。防臭も完璧ですから、不快な思いをすることはありません。ご安心ください」

「私をからかっているのですか？」

作家は顔を紅潮させていた。その瞳には、怒りに混じって恐怖の色がにじんでいる。しかし、恐怖するのはまだ早すぎたのだ。藤原がワープロの電源をオンにしたので、画面が仄《ほの》明るくなって益子の不安げな顔をぼんやりと照らし出す。

「まだお判りになっていないようだな。僕は今、最後の晩餐《ばんさん》の席のキリストよりも大真面目です。あなたはこの快適な机と椅子で、これから小説を書く。もう書かざるを得ない状況が整ってしまったんですよ。この机と椅子、いや、この部屋そのものを僕たちは〈書く機械《ライティング・マシン》〉と呼んでいます。そして、これを活用して、益子先生ご自身も〈書く機械〉になるんです」

「嫌なこった。ごめんですよ。こんなの、まるで拷問じゃないですか。立派な犯罪だ。私は書きませんよ。早くこの手錠みたいなのをはずして、ここから帰してください。まったく人を馬鹿にしてる」

藤原はそれに応えず、椅子の後ろの何か——レバーでもついているのか——を引く。そして、背もたれを摑むと、椅子をくるりと百八十度回転させて、足許を示した。そこで初めて私も気がついたのだが、床には二本のレールらしきものが埋め込んである。

「いいですか、益子先生。この椅子は机と一体になっていましてね、レールの上を動くようになっているんですよ。ずーっと、部屋の奥まで滑るように移動していきますよ。奥はどうなっていると思います?」

彼はスタンドの首を捩《ね》じ曲げて、奥の暗がりに光を向ける。ようやく見えたレールの先には、黒々とした穴が口を開けていた。縦横三メートルほどの正方形をしている。藤原はつかつかとそちらに歩いていくと、ポケットから取り出した十円硬貨を穴に投じた。チャリンとそれが跳ねる音が聞こえるまで、優に二秒はあった。

「この穴、かなりの深さがあるんですよ。椅子がここまで下がると、背もたれが倒れると同時にコードがはずれて、座っている人間を穴へ落っことします」

「書かなかったらそこに突き落とす、ですって? 狂気の沙汰ですね。そんなつまらない脅迫のために、よくまぁ、ごたいそうな機械を造ったものです。何が〈書く機械〉だ。私は書かない。気に入らないんなら、すぐに担ぎ上げて穴にほうり込めばいい」

藤原はゆっくりと引き返してくると、椅子をまた半回転させ、スタンドの明かりを机上に戻した。そして、机の前に回って益子を真正面から見下ろす。

「そんなことをしたら、先生のお原稿が永遠にいただけなくなる。先生は書きますよ、命を懸けて。——まだお気づきではありませんか? この机と椅子は、もう少しずつレールの上を動いているんですよ」

「まさか」と言ったきり、益子は絶句した。益子と机と椅子がついさっきより遠くなっていることに気づいて、私も愕然《がくぜん》とする。そういえば、耳を澄ますと虫の羽音のような微かな機械音が聞こえていた。

「なぁに、蝸牛《かたつむり》が這《は》うような速さですから、びくつかなくてもいい。でも、ずっとこのままでは、いつか穴に落ちてしまいますね。十時間後か二十時間後かは判りませんが。それを食い止める方法は一つしかありません。書くことです」藤原はキーボードを指す。「それを叩くことです。文章を打ち込めば、機械が反応して後退する速度が鈍ります。それどころか、打ち続ければ逆に前進させることもできる。コンピュータで制御されているんですよ。——ご理解いただけましたか？　あなたはこれから、命懸けで小説を書くんです」

「狂ってる」

そこで益子と目が合った。

「栗山さん。ぼぉっとしていないで、このいかれた編集長を止めてください。あなたも監禁、いや、人殺しの片棒を担ぐつもりですか？」

眼前で起きている異様な光景に、私は声も出ない。その時、藤原が抽斗から何かを出し、机の上に並べた。写真のようだ。そのうちの数枚を取って私に差し出す。

「見たまえ。僕は嘘をついてはいない」

そこに写っているのは、今をときめく何人かの大流行作家たちが原稿を書いている姿だった。この部屋で、この〈書く機械〉に縛りつけられて。

「この写真はトリックでも何でもない。文筆家の長者番付上位を独占している〈書く機械〉たちは、この〈書く機械〉の賜物《たまもの》なのさ。ここで誕生したんだよ。ここでね！」

私は机に寄って、その上に並べられた写真も確かめた。写っている作家たちは、みんな若い。十年近く前に撮影されたものもありそうだ。彼、彼女ら――女性も含まれていた――のある者は髪を振り乱して苦悶《くもん》の表情をしており、またある者は頬が瘦《こ》けて憔《しょう》悴《すい》した顔で原稿と格闘していた。いずれも鬼気迫る。

「もたもたしてると、後ろから穴が忍び寄ってきますよ。さぁ、早く書いて、さぁ」藤原がまくしたてる。「構想は頭に中にあるんでしょう？　三、四ヵ月かけて書くおつもりだった作品を、十日で完成させてあげますよ、先生。計算上、十日の間に三十万ビットの情報を入力すれば、椅子は穴の二十センチ手前で止まります。もちろん、ただ打てばいいというものではなく、無意味な情報は機械が拒絶しますよ。必ず書けます。これまで僕が見込んでここにお連れした作家の中で、当て外れだった人は一人もいない。皆さん、やり遂げて巨大な成功を手中にしましたよ」

作家の双眸《そうぼう》に、またあのぎらりとした光が宿り、机上の写真をにらむのを私は目撃した。次の瞬間、益子はキーに指を運び、ためらうことなく題名を打ち込んだ。

『極楽ハイウェイ』と。

4

九年の歳月を経た今も、私は、あの夜のことを脳裏にありありと再現することができる。そして、思い出すたびに、一月おきに出す本すべてが五十万部を突破するという怪物的ベストセラー作家、益子紳二の誕生に立ち会えた幸運に感謝した。

大ベストセラー作家としての益子の最初の作品、『極楽ハイウェイ』が出来上がるまでの十日間は、悪夢そのものだった。藤原の催眠術にかかったのか、素晴らしい勢いで書き始めた益子だったが、五時間もすると軽い恐慌をきたした。かつて経験したことがない速度で書いているのに、椅子が机とともに後退し続けていることに気がついたためだ。「これでは絶対に助かりっこない。機械の設定を変えて欲しい」と訴えるのを、編集長は一蹴《いっしゅう》した。益子は観念し、再び書きだしたものの、今度は一時間もしないうちに、「眠りたい。せめて睡眠中は停止させてくれ」と叫んだが、藤原は「大丈夫ですよ」と言って、眠気醒《ざ》ましのコーヒーと夜食のホットドッグを運んだだけだった。そうしておいて、私たちは隣にある編集者用控え室で休憩をとった。

朝がくると、藤原は私を退出させた。「後は僕がお世話する」と。彼は、三日間の出張の扱いになっていたのだ。おぞましい修羅場から解放されてほっとしかけたのも束《つか》の間、「毎日、午後二時と八時にはここに下りてこい」と命じられた。その一日に二度のお勤めは、日増しに非常な苦痛になっていった。

藤原との交代のために地下への〈出張〉を命じられた四日目から十日目にかけての一週間は、ことに堪《こた》えた。真っ赤に充血した目に憎しみの炎を燃やしながらキーを打つ益子を、涙と涎を垂らす益子を、頭髪を掻き毟《むし》って次の文章を探す益子を見ることは、わが身を刻まれるようだった。益子は何度かパニックに陥り、私を悪罵《あくば》したり、辞書を投げつけてきたりしたが、書くことを放棄しはしなかった。「ハンガーストライキをやるぞ」とか、「どうせ虚仮威《こけおど》しに決まっている。こんな機械はインチキだ」とわめきちらし、藤原や私の仕打ちを呪いながらも、小説が驚異的な速度で進むことだけは否定できなかったからだろう。

その『極楽ハイウェイ』の出来の素晴らしさに、私たちは目を見張った。読む者の予想を痛快に裏切り続ける展開、破壊的なギャグの釣瓶《つるべ》打ち、ぞくぞくするようなスピード感。どれをとっても完璧で、編集者としては感涙ものだった。十日目の深夜にそれが脱稿した瞬間、藤原と私は魂の脱け殻のようになった益子に駈け寄り、抱きついて傑作の完成を祝福した。そして、三人ともが滂沱《ぼうだ》たる涙にむせんだのである。椅子は穴まであと六十センチまで後退していた。

地獄の十日間から一ヵ月もたたないうちに、「もう一度あれを使って小説を書きたい」と益子の方から頼まれた時、私は驚きながらも感激した。そして、二人して新たな奇跡の創造にとりかかったのだ。そう。『極楽ハイウェイ』が発表されてたちまち爆発的な売れ行きを示し、業界を震撼《しんかん》させていた時に、益子は次なる傑作をものすため、地下の〈書く機械〉に向かって血の汗を流していたのだ。そうして書き上がったのが、あのミリオンセラー『ながくてたいくつなあらしのよる』であることは、言うまでもない。結局、彼は五本の長編をあの部屋で書いた。そして、自身が〈書く機械〉へと変身を遂げていったのである。

長いようで短い九年だった。その間に、益子は日本で最もポピュラーな作家となり、名声と巨万の富を獲《え》た。自作が映画化された際に知り合った美しい超人気女優と結婚して、世間に溜め息をつかせたりもした。彼の人気は国内だけに留《とど》まらず、世界の十四ヵ国で翻訳が出版された。新作の映画化権を巡ってはハリウッドからも引き合いが殺到するまでになり、シノプシスの段階で莫大なアドヴァンスが提示された。わずか九年のうちに、人生にはかくも劇的な変化が起きるものか。

益子紳二の破竹の勢いは、留まるところを知らず、二ヵ月に一冊のペースでベストセラーを世に送り続けている。鉄人と呼ぶしかない。日本でも指折りの大金持ちになったのだから、もうあくせく働かなくてもいいではないか、と言う者もいたが、益子の筆は休むことがない。「せっかく摑んだ読者を、一人も逃したくない」というのが本人の弁だった。「私の本だけを読んでいて欲しい。他の人間が書いた本を読む時間を与えたくない」というのは、さすがに冗談だと取られていたが、何割かは本気なのでは、と思えなくもない。

藤原が生きていたら、どれほど喜んだだろう。「どうだ、僕の眼力に狂いはないだろう？」と自慢をしていたに違いない。酔っ払って車に撥《は》ねられるなど、あの名伯楽も無念だったろう。結局、彼は益子の本が三冊立て続けに大ヒットをしたことしか見ないうちに逝ってしまった。彼が生きていれば——

「やっと着きましたね。栗山さん」

坂本《さかもと》の言葉に、われに返る。顔を上げると、益子御殿が斜め前方の緑の木立の間から覗《のぞ》いていた。何度見ても、その規模に驚かされるほど豪壮なお屋敷だ。こんな深山の奥まで建設資材を運ぶだけでも大変だったろう。

門扉の前で車を降りた私たちは、三時間後に迎えにきてくれるよう運転手に頼んで、タクシーを返した。

「いやぁ、これが益子御殿か。凄いなぁ。まるでお城じゃないですか」

若い部下は興奮を抑えられないようだ。天下の益子紳二の御殿を訪問できるというので、舞い上がっているのだ。

「ガキみたいにはしゃぐんじゃないよ。益子先生が気難しい人だってことは、君も聞いているだろ。昔はおっとりしてたんだけど」

「あ、らしいですね。でも、腐るほど金を稼いでも止まらない〈書く機械〉でしょ？　人間離れしていて当然だと思います。——あの先生を〈書く機械〉に仕込んだのは、栗山さんなんですってね。尊敬しちゃうなぁ」

坂本は自分の会社の地下二階にあるもう一つの〈書く機械〉の存在を知らない。まだ教えていない。あれを使って第二の益子紳二を生み出す器量が彼にあるかどうか、まだ私は判断を保留している。生半《なまなか》なことで使いこなせる道具ではないのだ。

呼び鈴を鳴らすと、しばらく間があって扉が開く。「遠いところをようこそ」と迎えてくれたのは夫人だった。とうに女優は引退しているが、その知性的でやや冷たげな美《び》貌《ぼう》はまったく色褪《いろあ》せていない。奥方じきじきのお出迎えに私は恐縮して、深々と頭を垂れた。坂本は私に倣《なら》いながら、夫人の美しさにぽぉっとしているようだ。

「誠に申し訳ないんですけれど、まだ仕事をしているんです。予想外に手間取っているらしくて。しばらくお待ち願えますか？」

「もちろん待たせていただきます」私は即座に答えた。「もしもご都合がお悪いようでしたら、出直してまいりますが」

「それはご面倒ですわ。それに、乗ってきたお車を返してしまわれたでしょう？」

私たちは応接間で待たせてもらうことにした。お手伝いを何人も使っているはずなのに、夫人自らコーヒーを淹《い》れて運んでくれる。これがまた飛び切り美味なコーヒーだった。

畏まって待った。三十分たち、一時間が過ぎても益子は現われない。夫人は何度か顔を出して「すみませんね」と詫《わ》び、コーヒーのお代わりを淹れてくれた。

一時間半が経過したところで、夫人が私を手招きして呼んだ。不審げな坂本を残して廊下に出てみると、夫人は小声で告げた。

「まだ手間取っているようなんです。それで、仕事場にきてくれないか、と申しておりますの。——栗山さんだけに」

グラビアページの企画で、先生の書斎風景を撮りたい、と雑誌の編集者が希望したことがあったが、「仕事場には、自分のすべてを理解してくれている妻しか入れない」と益子はきっぱり断わったと聞いている。そこを拝めるのは、僥倖《ぎょうこう》だった。しかし、どうして私一人だけでこいと言うのか？

意外なことに、仕事場は地下室だという。夫人に案内されてコンクリートの階段を下りた。と、どこからか微かな機械音が聞こえてきた。何の音とは言えないが、耳によく慣れた音が。これは、たしか——

階段を下りると、ドアが二つ並んでいた。夫人はその片方を示して、「どうぞ」と言って去った。私が生唾を飲み込んで開くと、中には思ったとおりの光景があった。

「よぉ、栗山君。今度の書き下ろしの打ち合せ、すまないけれど来週の中頃にしてもらえるかな。せっかくきてもらったけれど、今日は駄目だわ。悪い悪い」

そんなことはどうでもいい。どうして益子はあの地獄のような機械に向かって仕事をしているのだ？　誰に強要されているわけでもないだろうに。いや、そもそもどうしてここにあの〈書く機械〉があるのか？　彼は自分でこれを発注したのか？　……まさか。

「君のところの機械は最近はどうだい？　あれを使わせたくなるような有望株はいるかい？　いないのなら、淋《さび》しいね」

しゃべりながらも、益子は猛烈な速さでキーを打っている。口許には、薄ら笑いが貼りついていた。私はぞっとした。

「まともじゃありませんよ、益子先生。どうしてこの期に及んでこんな機械を使うんですか。もう卒業したはずでしょう？」

彼が座った椅子のすぐ後ろに、ぽっかりと黒い穴が開いていた。その穴まで歩いて覗き込むと、ぼんやりと見えるその底は、はるかに遠かった。私は泣きたくなる。

「先生。うちの会社の地下の穴にはね、万一のことを考えてネットが張ってあったんですよ。お話ししたことはありませんでしたけど、それぐらいの安全策は当たり前じゃないですか。なのに、なのに、先生の造ったこれときたら――」

そんな言葉は、益子の耳に届いていないらしい。作家の指は、キーの上で狂ったように躍っていた。

# アリバイ・ジ・アンビバレンス

西澤保彦

西澤保彦
にしざわ・やすひこ

一九六〇年、高知県生まれ。米エカード大学創作法専修卒業。九五年に『解体諸因』でデビュー。奇抜な設定と論理性を両立させた作風で、本格ミステリとSF的手法を融合させた作品も手がける。主な著書に『七回死んだ男』『人格転移の殺人』『依存』『夏の夜会』『聯愁殺』『腕貫探偵』『収穫祭』『赤い糸の呻き』『回想のぬいぐるみ警部』『帰ってきた腕貫探偵』などがある。

要するに問題はこういうことだ。高築敏朗《たかつきとしろう》が刺されたとされる時間帯、アリバイがあるはずの刀根館《とねだち》淳子《じゅんこ》は、どうしてそれを主張せずに、自分が彼を殺害してしまったと供述しているのか？　その答えはひとつしかあり得ない、というのが委員長こと弓納琴美《ゆみなことみ》の言い分である。刀根館淳子は誰かを、すなわち真犯人を庇《かば》っているのだ、と。

アリバイ、か。これって専門用語みたいなものだよね。多分。ミステリとかその辺の領域の。よく知らないんだけど。意味は現場不在証明。簡単に言えば、何か事件が起こったその時、自分は現場にいなかったという事実さえ認めてもらえれば、犯行は不可能だったことも同時に立証される。つまり、アリバイがあればその人物は犯人ではない、ということだ。

そういえばテレビのサスペンスドラマにもよく出てくるね。殺人事件が起こってさ。誰が見てもこいつしか犯人はいないじゃんという男優もしくは女優が、生前の被害者との関係とか細々とした事柄を追及する捜査官に向かって、不敵な面《つら》がまえで「ふっふっふ。刑事さん。無駄です、無駄。だってわたしにはアリバイがあるんですからね」とふんぞり返るシーン。もちろんそれは巧妙な偽装工作によって用意された偽のアリバイだったことがラストで暴《あば》かれるというのがお約束のパターンなわけだけれど、真犯人に限らず事件の関係者たちはこぞって、実際にあろうとなかろうと我勝ちに己れの現場不在証明を主張したがるのが常識的な反応だろう。

それが今回の場合、刀根館淳子はアリバイがあるのだから高築敏朗を殺害した犯人ではないはずなのに、なぜか自分がやったと主張している。逆なのだ。いったい彼女は、どういうつもりなのか？　たしかにこれは謎である。無責任かつ能天気なクラスメイトたちを尻目にひとり寡黙に委員長としての雑務をこなすという、普段はなんとも地味な印象しかない弓納さんが興味を抱いたのも判る。並々ならぬ情熱でもってコネを駆使し、自ら解明に乗り出した気持ちも判る。判るのだが。

そんな探偵ごっこまがいの議論に自分が巻き込まれるはめになるなんて、ね。ほんの数日前までは我ながら夢にも思わなかったんだけれど、仕方がないと言えば仕方がない。肝心の刀根館淳子のアリバイを証言している人物というのが、何を隠そう、実は他ならぬぼく自身なんだから。ぼくこと憶頼陽一《おくらいよういち》さえいなければ、この謎は成立しなかったとも言えるわけで。ま、これも行きがかり上、ってやつでしょうか。

＊

最初から順番に説明しよう。ことの発端は先週の金曜日の夜だった。

午後八時前。ぼくはひとりで自宅のマンション〈モルトステイツ〉を後にした。特に何か用事があったわけではない。外出というより避難のためだ。おふくろと親父が盛大な〝喧嘩〟を始めてしまったのである。といっても別に深刻な事態ではなく、我が家では年中行事。両親にとっては仕事の一部とも呼ぶべき大切なプロセスなのだ。

おふくろは谷谷谷《たにかべやつ》まり江《え》のペンネームで作品を発表している、一応売れっ子と称しても詐欺にはならない程度のマンガ家だ。ちなみに谷谷谷はおふくろの旧姓で、下のまり江とともに、れっきとした本名。

親父は彼女の元担当編集者で、高校を卒業して某大家のアシスタントをしていたおふくろを見出し、徹底的にしごいてここまで育て上げたのが、ふたりの馴れ初めだそうな。もちろんぼくが生まれるよりも遥か昔の話なのですべて伝聞なのであるが、このふたり、出会ったその日からもう大喧嘩していたらしいんだよね。前世では天敵同士だったにちがいないあのふたりがよく結婚したよなあ、と周囲の関係者一同は未《いま》だに首を傾《かし》げているんだけれど、本人たちに言わせれば、通常の意味での喧嘩をやっているわけではない。それは実際に身内になってみないとなかなか理解できないことだと思う。

マンガというのはご存じのように、作画に入る前にネーム、すなわち登場人物たちの科白《せりふ》を決める作業から始めなければならない。これがなかなか大変らしい。ネタがなくて毎度まいど七転八倒。産みの苦しみという言葉があるけれど、ネームにとりかかるたびに我が家は怒号が交錯する狂乱状態に陥る。「落ちる」「もう落ちる」「絶対落ちる」と大騒ぎするおふくろの手綱を捌《さば》くのが、いまはフリーランスで仕事をしている親父の役目で、なだめたりすかしたり、時には一緒に泣いたり。とにかくネームを完成させる。考えるのはおふくろで、親父は彼女のテンションをうまく操作するという共同作業だ。

もう少し具体的に言えば、おふくろは思いつきに任せて「うーんとね。病弱な美少年とスポーツ万能少女との純愛」とか「犬と一緒に異次元をさまようギターの弾き語り」「盆栽が趣味の若奥さま、実は名探偵」と次々にネタや設定を挙げてゆく。かたや親父は「つまらん」「前にもやった」「某作家のあれとカブってる」と片っ端から粉砕。苦悩するマンガ家を壁際まで追い詰めてゆく。「これ以上どうしろっていうのよお」とおふくろがヒステリーを起こしても容赦しない。徹底的に逃げ道を断つ。窮すれば通ずと言うけれど、やっぱりそこは長年のパートナー同士、絶妙の呼吸なんだろうね。万策尽きて退路を断たれたマンガ家は、親父に乗せられる形で火事場のクソ力を発揮し、壁が破れなければ乗り越えてしまえとばかりにむりやり窮地を脱するという次第。

親父が直接担当していない仕事でも、こういうプロセス——というより、修羅場《しゅらば》と形容したほうが正しいのかも——を経ないと、おふくろは原稿にとりかかれない。本人たちは「これっていわゆるブレインストーミングってやつ？」なんて洒落《しゃれ》た表現を使いたがるんだけどさ。事情を知らない第三者が居合わせたら、いまにも殴り合いになりそうな大喧嘩をしているとしか見えないだろうね。〆切が迫ってきている（極端な場合は、既に過ぎている）切羽詰まった状況だから、無理もないと言えば無理もないんだけれど。ふたりがこの作業に突入したが最後、もう周囲のことは目に入らなくなる。何もかも放《ほ》ったらかし。これまでの経験から言えば、両親が〝喧嘩〟さえ始めればだいたいネームはひと晩で出来上がり、翌朝にはおふくろは自宅を出て、アシスタントさんたちが待っている仕事場へすっ飛んでゆく。そういう段取りで、このトランス状態に入ったらひとり息子だってかまってもらえない。っていうより、へたに近くにいたら張り倒されかねないんだよね。ぴりぴり殺気だった雰囲気でさ、ふたりとも。八つ当たりという形で、どんな災厄が降りかかってくるか知れたもんじゃない。なので両親の〝喧嘩〟の夜は一時的に避難するのが習慣になっているってわけ。

　いつもなら夜を明かせるファミレスとかマンガ喫茶へ行くんだけど、この夜はちょっとふところが寂しかった。もちろんおふくろも親父も極限状況だから、とてもじゃないけど小遣いなんてねだれない。友だちの家に泊めてもらうことも考えたんだけれど、こういう時に限って誰も都合がつかない。どうしようと困った挙げ句、思いついたのが親父の車。万一我に返った両親が心配するといけないので、玄関のドアに「駐車場の車の中で寝ます。陽一」という書き置きを貼っておいてから、自宅の四〇一号室を後にする。〈モルトステイツ〉に入居する際、ピロティ駐車場の抽選に外れた我が家は、近所の月極め駐車場を借りている。二ブロックほど離れたところにある、百台くらい余裕で停められそうな広大な敷地だ。なんでも昔、この界隈《かいわい》の大地主さんのお屋敷が建っていた跡地だという話で、本人が死去した後、その遺族たちもみんな余所《よそ》で独立したため、古い建物は取り壊されてしまったんだとか。

そのだだっぴろい駐車場、いまの時間帯にはほとんど車が見当たらない。ここら辺りは中心街にアクセスのいい立地なので、通勤用車輛を停めるために個人や企業で借りているケースが多いらしい。従って昼間は満杯でも夜間はこうして、がらーんとしている。敷地の周囲に街灯が何本か立っているから真っ暗闇ってわけじゃないんだけど、けっこう不気味は不気味。おまけに我が家が契約している駐車スペースの位置も位置なんだよね。

駐車場の奥まった角の部分に、ちょっと場違いな古い蔵が建っている。二十畳ほどの広さに、二階と半分くらいの高さ。煉瓦づくりの壁に、重そうな鉄製の扉。もともとは、さっき言ったお屋敷の一部だった建物で、どういう理由でかは不明なんだけれど、土地を相続した遺族がこの蔵だけは取り壊さずに残しているのだ。本家か故人にまつわる思い出ゆえか、それとも建築物自体に骨董的な価値でもあるのか。ともかく広大な駐車場の隅っこにそんなものが、ぽつんと現出するのはなかなか奇異な眺めではある。

で。うちの駐車スペースだけど、くだんの蔵の扉のすぐ前なんだよねこれが。正確に言えば、あいだに一台分のスペースがあるのだが、そこは空きになっている。車止めのブロックにネームプレート用プラスティックケースそのものが取り付けられていないところを見ると、あるいは駐車場の持ち主は蔵を収納用に現役で使っていて、車で乗り付けるための空間を確保しているという事情なのかもしれない。

敷地を囲むフェンスの向こう側にある街灯の明かりを受けて陰影を刻む、なにやらホラー的なムード満点の蔵を、ぼくは横眼でちらりと見上げた。どうせならこんな奥まったところじゃなくてもっと道路側の出入口に近いスペースを借りればいいのにと胸中ぼやきながら、親父の国産セダンのスペアキーを取り出す。助手席に乗り込むと、シートをリクライニングにして、胸から下は持参した毛布を被る。本を読んだり音楽を聴いたりして時間をつぶすことも考えたのだが、前夜はＤＶＤの特撮映画ざんまいで寝不足だったため、とりあえず睡眠を優先する。

とろとろとしていたぼくは、ふいにエンジン音で目が覚めた。車のヘッドライトが視界を横切ってゆく。反射的に薄闇の中で眼を凝らして腕時計を見た。午後九時に五分前。一時間ほど寝入っていたようだ。

当方のすぐ隣り、つまり蔵の扉の真ん前のスペースに、一台の外車がテールランプを突っ込んでくるところだった。わざわざそこへ停めるということは駐車場の持ち主か、それとも管理者の不動産会社関係か。はたまた穴場の駐車スペースを狙ってやってきた、まったくの第三者か？

外車のエンジンが止まり、ライトが消えると、落ち着かないくらい静かになった。親父の車に並ぶ形で停車した外車の左側のドアから男が降り立つ。最初は助手席から降りてきたように勘違いしたが、実際には左ハンドルなので運転席からだった。フェンス際のスペースは街灯の明かりが近いため、そのしかつめらしい容貌はわりとはっきり見てとれる。メガネを掛けた中年男性。四、五十代といったところか、ゴルフウェア姿で中肉中背。髪にはちらほら白いものが混じっている。初めて見る顔――だと思うのだが、どこかで会ったことがあるような気もする。

続けて外車の右側のドアから、すなわちシートに身を沈めているぼくの、親父の車のドア一枚を隔ててすぐ横へ、もうひとり降り立つ。その顔が先刻以上に鮮明に街灯の明かりの中に浮かび上がって、驚いた。見覚えがあったからである。ぼくが現在通っている私立小椰《こやなぎ》学園の女子生徒で、しかも同じ高等部一年生。クラスはちがうが、名前はよく知っている。刀根館淳子。

トレードマークのヘアバンドをつけた彼女が男物のようなジャンパーを羽織っているその姿は、小柄な妖精のような風貌とアンバランスなようでいて、却って妖《あや》しいときめきを誘う。四月とはいえ夜間は少し肌寒い。下は小椰学園の制服であるチェックのスカートに紺のハイソックス。共に小椰学園へ入学してから四年目、ぼくは未だに彼女と個人的に言葉を交わす栄誉には与《あずか》っていないが、まるで少女マンガに登場する、瞳の中で星がきらめく深窓の令嬢をそのまんま3D化したみたいな、しとやかそうな美少女だ。

その刀根館淳子が、なんだってまたこんなところに……？　すぐ傍で息をひそめているぼくに気づいたふうもなく彼女は外車の前部を回って、先刻の中年男へ歩み寄る。ふたり並ぶと一見父親とその娘といった感じだ。男は車体の向こう側でこちらに背中を向けて蔵の前に立ち、何やらごそごそやっている。と。鈍い金属音が響いた。どうやら扉の鍵を開けたらしい。

蔵の扉が開くのを見たのは、これが初めてだ。真っ暗な蔵の中へ、男は刀根館淳子の腕を引っ張るようにして先に入らせると、きょろきょろ周囲を見回してから自分も後に続く。きいっとガラスを爪で引っ掻《か》くような耳障りな音とともに扉が閉じられると、再び静寂が辺りを支配した。

……どうしていいか、判らなかった。いや別に、ぼくが何かをしなければならないなんて謂《いわ》れもなかったのだが、このままじっとしていてはいけないんじゃないかという根拠のない焦燥感にかられる。少なくとも眠気が吹っ飛んでしまったことはたしかだ。

あのふたり、蔵の中なんかでいったい何をしているんだろう？　男と女が狭っ苦しい密室空間でふたりきり——となると、どうしても淫《みだ》らな方向へと想像が流れてしまうのが我ながら哀しいが、考えれば考えるほど、それしかあり得ないような気もする。いつも遠くから見る分には清楚で純情可憐《かれん》なお嬢さん然とした刀根館淳子が、あの中で中年男とことに及んでいるかもしれないと思うと、なんだか膝が浮いてくる。こっそり様子を窺いにゆこうかとも考えたが、へたに動いた結果ふたりに見咎《みとが》められたりしたら気まずいだろうしねえ。お互いに。

いやまてよ。ひょっとしてあの中年男性は彼女の父親、もしくは親戚とか、そういうことかしら？　しかしそれにしたって、こんな時間帯にあんな場所で、いったい何をしているのかという疑問は残る。あれこれ頭を悩ませているうちに、あっという間に夜は更《ふ》けてゆく。

ふいに蔵の扉が開いた。何事もなかったかのような顔で刀根館淳子が現れる。髪を撫でつけたりスカートをなおしたりする彼女の仕種《しぐさ》に、こちらはいちいち胸騒ぎを抑えられない。白い膝小僧の下のハイソックスが、さっきよりも心持ちずり落ちているように見えるのは気のせいか？　続けて、周囲を見回しながら出てきた中年男が扉に鍵を掛けると、ふたりは言葉を交わすでもなく、まったく無表情のまま外車へ乗り込んだ。

走り去る間際、外車のナンバープレートの四桁の数字が網膜に焼きつく。無意識に腕時計を見た。十一時半を過ぎている。

何だったんだ、いまのは？　二時間半あまりも蔵の中でふたりは何をしていたのか。確証は何もないものの、見てはいけないものを見てしまった実感が胸に重い。こりゃ今晩はとても眠るどころじゃないぞ——と悶々《もんもん》としていたはずなのに、結局睡眠不足には勝てなかったようで、次に気がついたら既に日付は変わって土曜日になり、しらじらと夜が明けていたのであった。

ひょっとして蔵が醸し出す異様なムードに幻惑されて夢でも見たのかしら、と首をひねりながら〈モルトステイツ〉へ戻ると、自宅でのおふくろと親父のやりとりはまだ続いていた。が、昨夜《ゆうべ》に比べると格段にふたりの声は鎮静化している。そっと覗くと、おふくろが机に向かって猛然とした勢いで何やら書きつけているところだ。どうやらネームも順調に完成しつつあるらしい。

結局必要なく終わったとおぼしき書き置きを玄関ドアから剝《は》ぎ取ると、ぼくはあくびをしながらコーヒーメーカーをセットした。軽く朝食を摂っているうちに、おふくろは仕事場へ飛んでゆくだろう。親父も付いてゆくはずで、その後こちらはもうひと眠りさせてもらうつもりだった。

＊

その二日後。月曜日。登校すると学校じゅうが異様な雰囲気に包まれていた。男子女子を問わず廊下や階段、あちらこちらで何やらひそひそ。学校という場にはあまり相応《ふさわ》しくない類いの沈痛な表情を寄せ合っている。時折口をつぐんで他のグループの話し声に聞き耳を立てたりする者もいる。

「お。くらっち」

一年D組の教室へ入ったぼくにそう声をかけてきたのは前の席のウエダだ。中等部の頃からの付き合いだが、苗字の漢字が「上田」なのか「植田」なのかも未だに知らない。向こうだってぼくの本名を知っているかどうか怪しいものだから、お互いさまなのだが。ちなみに「くらっち」とは既に校内で市民権を得た感のあるぼくの通り名。苗字の憶頼が微妙に変化した結果なんだろうけれど、なんだか軽薄な響きである。いったい誰が呼び始めたんだか。

「びっくりしたよなあ。今日はこのまま休校かもな、ひょっとして」

「なに言ってんのおまえ」D組の教室も非日常的なざわめきに包まれている。「ところでいったい何の騒ぎだ、これ?」

「なぬ? 知らないのかよ、くらっち」

「だから、何を?」

「高築のこと」

同じD組の男子生徒だ。下の名前は敏朗。ぼくはあまり親しくないけれど、男子バレーボール部の次期キャプテン候補と評判の好漢《こうかん》である。お父さんが大きな会社の経営者だとかで、なかなかのお坊ちゃんらしい。

「あいつがどうしたの。そういえば、もうこんな時間なのに顔が見えな——」

「……死んだってよ」

「え」多分ぼくは引きつった笑みを浮かべていたと思う。「じょ、冗談いうな」

「ほんとの話だって。しかも、な」ウエダは怖い顔をして声を低める。「……A組の刀根館淳子って知ってるか？」

「話したことはないけど。知ってるさ、もちろん。それがどうしたの」

「彼女が殺しちまったらしいぜ」

「お、おい」

「正当防衛だってさ。高築のやつ、肖奈《せな》町にある彼女の自宅へ忍び込んで、刀根館に乱暴しようとしたんだとよ。彼女は必死で抵抗するあまり、つい刃物でぷすりと」

「ら、乱」何か喉に詰まったみたいに声がしばらく出てこない。「ほ、ほんとに、ほんとの話……なの？」

「新聞を読んでいないのかよ。あれだけ報道されてたのに。もちろん、未成年だし、ことがことだから高築も刀根館も実名は出てきちゃいないが。昨日なんて校長と担任が揃って記者会見してたぜ。学校名は伏せての後頭部からのショットなんだけど、中庭の映像をばっちり挿入してやんの。ばればれだよ、あれじゃ。おい。まさかテレビも観てねえの？」

観ていない。普段ぼくがテレビを観るのは両親に付き合っての場合のみで、いまはふたりとも自宅とは別に借りている仕事場に籠もりっきり。お蔭さまでこの週末は静かでのんびりとした休日を過ごせた。家じゅうを掃除し、溜まっていた洗濯物をかたづけ、懸案だった創作料理を二、三試して仕事場に差し入れもしてやったり。そんな孝行息子をつかまえておふくろも親父も「まるっきり主婦のノリじゃん」「若者らしい覇気がない」「爺《じじ》むさいぞ」「いったい誰に似たんだか」などと嘆く始末。そりゃね、両親揃って家事が苦手で何もしないひとたちなんだから。家族の誰かがやらなきゃどうしようもないでしょ。って。いや、そんなことはどうでもいい。

絶句していると教室の前方扉が開いた。担任の先生かと思いきや、髪をおさげにしてメガネを掛けた女子生徒。一年D組の委員長、弓納琴美だ。中等部一年生の時からずっとぼくと同じクラスだが、彼女が笑ったところをついぞ見たことがない。いつもひとりで勉強や読書、もしくはクラスの雑用に黙々といそしむという、お世辞にも社交的とは言い難いタイプだ。その委員長、今朝はさらに輪をかけて表情が暗く淀んでいる。

「みなさん、聞いてください。一時限目の授業は中止だそうです」

彼女のその言葉に、生徒たちはいっせいに静まり返った。いつもなら、どっと歓声が上がってもいいはずの連絡内容だったんだけれど。みんな逆に緊張して固唾《かたず》を呑んでいる、という感じで。「かわりに臨時の全校集会があります。もうすぐ案内の放送があるそうなので、その指示に従って各自、体育館へ移動してください。以上です」

委員長が自分の机に戻ると、再び教室内は不安げなざわめきに包まれる。

「あれ？」ふと何かが心に引っかかり、ぼくは前の席に声をかけた。「な、ウエダ。さっきおまえ、何て言ったっけ」

「ん。どの話？」

「肖奈町、とか言ったよね」

「刀根館淳子の住んでいるところか？　そうらしいぜ。おれも知らなかったけどさ」

「テレビで校長と担任の記者会見があったのは昨日だっけ。じゃあ、事件そのものが起こったのは、いつのことなの？」

「えーと。刀根館の供述をもとに彼女の自宅を調べた結果、高築の遺体を発見したのが土曜日の未明——とか言ってたな、たしか。てことは、金曜日の夜あたりじゃねえの」

「なんかおかしくないか、それ」

「は？　おかしい、って何が？」

「だっておれ、見たんだ。金曜日の夜、刀根館さんを。うちの近所で」

「くらっちの家って、えーと、岸良町《きしおが》だったたっけ。そこで彼女を見たの？　へえ。でも、だから何？」

「金曜日の夜、刀根館さんが岸良町にいたんだとしたら、いったいどうやって肖奈町の彼女の自宅で高築を殺せるわけ？」

「ああ？　意味が判んねえよ。別に不思議なことなんてないじゃん、何も。同じ市内なんだから。車ならほんの十分か、二十分くらいの距離だぜ」

それはそうだ。その通りなのだが、妙に釈然としない。具体的に事件発生は金曜日の夜の何時頃なのか、さらにウエダに訊こうとしたら、ちょうど校内放送が流れて、体育館へ移動しなければならなくなる。

校長の話は、事前にウエダに情報提供してもらっていなかったとしたら、いったい何を喋っているのかてんで判らなかったであろうくらい具体性を欠いていた。もちろん刀根館さんや高築の名前は出てこないし、経緯《いきさつ》はどうあれ男子生徒ひとりが死去したという肝心の事実にすら言及せず、断じて起こってはいけないことが起こってしまいましたと、ただ繰り返すだけ。普段から話が抽象的過ぎてよく判らないひとではあるんだけれど、今回は事件の顚末が顚末だけに関係者に配慮してか、生命の尊さや他人《ひと》への思いやりについて改めて考えて欲しい、といった曖昧な説教にくどくどと終始する。校長に教えてもらわなくても事件の概要はみんな噂で知っているらしく、普段は騒がしくなりがちな生徒たちは神妙にしていた。ハンカチを持って泣いている女の子もいる。

集会の後で一応授業が始まったが、短縮されて午前中で終わる。教職員たちはこれからPTAへの説明や理事会への対応やらで大わらわ、ということらしい。

先刻の話の続きを聞こうと思ってウエダを探したのだが、さっさと帰ってしまったらしく、どこにも見当たらない。仕方なくぼくもカバンを手に取って立ち上がったら、ふいに「憶頼くん」と呼び止められた。振り返ってみると、委員長の弓納さんだ。

「悪いけど、掃除を手伝ってもらえないかしら？　当番の子が帰っちゃったみたいで」

「いいよ」と気安く引き受けてロッカーからモップを引きずり出したところで、ふと首を傾《かし》げてしまった。「あのさ」周囲を見回してみると既にみんな下校してしまったらしく教室内はがらんとしている。彼女とぼく、ふたりだけだ。「ひょっとして、当番がサボった時はいつもこうして、委員長が代わりに掃除してんの？」

「いつもってわけじゃないけど」愛想のない表情で肩を竦《すく》めて机や椅子を教室の後方へ移動させる。「いちいち注意したりするより、自分でやっちゃったほうが早いし」

「あそう。ちなみに、おれがお手伝いに指名された理由は？」

「憶頼くんなら素直にやってくれそうな気がしたから――というのは冗談」開け放たれた窓越しに廊下のほうを一瞥《いちべつ》しておいてから、弓納さんはこちらへ近寄ってきて、普段にも増して陰気な低い声で呟《つぶや》いた。「ちょっと訊きたいことがあるんだけど」

「え？」

「さっきウエダくんと話してたでしょ。刀根館さんの一件について」

「あれれ。聞いてたの？」

「たまたま耳に入ったのよ。まちがいないことなの、あれって？」

「えと。どの部分が？」

「金曜日の夜、憶頼くんが岸良町で彼女を目撃した、というくだり」

「まちがいないよ。たしかに見た。あれは刀根館さんだった」

「何時頃のこと？」

「えーと。そうだな。だいたい午後九時から十一時半までのあいだで――」

「時間がはっきりしないの？」

「じゃなくて。そのあいだ、刀根館さんは岸良町にいたんだ」

「意味がよく判らない」メガネの奥の委員長の眼が細められ、妙な凄味《すごみ》を帯びる。「もしかして、そのあいだ彼女、あなたと一緒にいたとか、そういうこと？」

「ちがうよ。そうじゃなくて――」

「何時何分頃に彼女を目撃した、というのなら判るけど。午後九時から十一時半までのあいだって、どういうこと。憶頼くん、その二時間半ものあいだ、ずっと刀根館さんを見続けていたっていうこと？　それって具体的にはどういう状況だったの？」

そこでぼくはようやく、金曜日の夜の経緯の詳細を語るのは刀根館さんのプライヴァシイを侵害しかねないという可能性に思い至る。古い蔵の中で中年男性と一緒に閉じ籠もっていたとなれば、弓納さんでなくても、十人聞いたら十人が同じ想像をするだろう。少なくとも軽々しく口にすべき事柄ではないような気がしてきた。

「ごめん。ちょっと詳しいことは、おれの口からは言えない」

「どうして?」

「いろいろ微妙なんだよ。でも、九時から十一時半までのあいだ、刀根館さんが岸良町にいたことはたしかだよ。それは保証する」

弓納さんは釈然としないのか、憮然とこちらを睨んだが、それ以上は追及してこなかった。やれやれと胸を撫で下ろしていたら、その夜、彼女が何の予告もなしに自宅の〈モルトステイツ〉へやってきたものだから度肝《どぎも》を抜かれる。わざわざ生徒名簿で住所を調べたらしい。しかも弓納さんはひとりではなかった。スーツ姿の初老の男性が一緒だ。

「いきなりお邪魔してしまって申し訳ありません」そう挨拶しながら男性が警察手帳を提示してきたものだから、もっと驚く。「県警の乙加《おとが》といいます。彼女から——」と、野暮ったい私服姿の弓納さんを顎《あご》でしゃくってみせる。「興味深い話を聞いたもので。ところでお家の方は?」

おふくろはずっと仕事場のほうで原稿と格闘中だし、親父がまだ一緒にいるかどうかは判らないが、いずれにしろ仕事でてんてこ舞いだろう。「うちは共働きなもので、いまちょっと留守でして」と詳しい事情はごまかしておく。「あのう、委——じゃなくて、弓納さんとはどういうご関係で？」

「実は私、琴美の母の兄でして。つまり伯父と姪の関係ですね。あ。でも、このことは学校のお友だちなどには黙っていてくれるとありがたいです。この娘《こ》も、身内に警察関係者がいる、とクラスメイトに知られるのは抵抗があるようなので」

　その気持ちはなんとなく判る。ぼくも自分の母親がマンガ家であることを、あまり積極的に友だちに教えようとは思わない。別に何がなんでも秘密にしなきゃいけないとかそういうわけでもないし、たまに知人からこっそりサインを頼まれたりすると、それはそれで誇らしかったりするんだけれど。なかなか複雑な子供心なのである。

「ところで、先週の金曜日の夜、刀根館淳子がこの岸良町界隈にいたのを目撃したというんですね？　どういう事情なのか、もう少し詳しくお聞かせ願えませんか」

　刑事が相手では教えないわけにはいかないだろう。ぼくは金曜日の夜の経緯を詳しく説明した。ただ、車の中で寝るはめになった直接の原因については内輪のことだし面倒くさかったので、単なる両親の夫婦喧嘩という設定にしておく。

「——午後九時から午後十一時半までのあいだ、彼女はその中年男性と駐車場の蔵の中にいたはずだ、というんだね」腕組みした乙加刑事、顔つきが厳しくなってくるにつれ、口調はくだけたものに変わってくる。「くどいようだが、それはたしかに刀根館さんだったのかい」

「まちがいないです。おれ、彼女と話したことはないけど。すごく綺麗なひとで。中等部に入学した頃から、友だちといつも噂してたから。顔はよく知っている。見まちがいってことはないはずです」

「その蔵だけど、正面の鉄製の扉以外に出入りできるところはないのかな。つまり、仮に扉以外に出入口があったとしたら、刀根館淳子はきみが知らないうちに蔵から一旦出て、また戻ってきていたとか、そういう可能性も考慮しなきゃいけない。どうだろう」

「さあ。高い部分に窓があったような気もするけど。出入りできるのかな。なんなら、いまから見にいってみます？」

「うむ。それはぜひ」

というわけで、懐中電灯を持ったぼくを先頭に、三人連れ立って月極め駐車場へ向かうことになった。まだ午後七時過ぎだが、親父のセダン以外に駐車している車はほんの数台しか見当たらない。

乙加刑事は蔵に近寄り、白い手袋を嵌《は》めた上で鉄製の扉の把手《とって》に触れる。鍵が掛かっているらしく、開かない。あちこち観察しながら蔵の横側へ回ってみると、通常の家屋の中二階に当たる位置に、扉と同じような鉄製の蓋で覆われた小窓があるが、サイズが小さ過ぎて人間が出入りできそうにない。

ぼくたちは一旦敷地を出ると、駐車場を囲んでいるフェンスをぐるりと回り込んで蔵の裏側へ行ってみた。懐中電灯を煉瓦の壁に当てて調べたが、裏口の類いはない。換気用らしき窓が二階部分にあるが、やはり小さ過ぎて人間の出入りは無理のようだ。

「仮に金曜日の夜、この蔵の中へ入っていったのが刀根館淳子だったのだとしたら、彼女は午後九時から十一時半までのあいだ、まちがいなくここにいたことになりそうだが」乙加刑事は悩ましげに顎を撫でる。「この蔵の持ち主が誰なのか知っているかい？」

扉の鍵を持っていたことといい、契約されていないスペースに躊躇《ちゅうちょ》なく外車を停めた行動といい、問題の中年男性は当然、蔵の所有者、もしくはその関係者であると判断するのが妥当だろう。

「多分、もとのお屋敷の持ち主の遺族の方でしょうね。駐車場を管理している不動産屋さんに訊けば判ると思いますが」

しばらく考え込んでいた乙加刑事は、やがて「ありがとう。とても参考になったよ。とりあえず今夜のところはこれで。もしかしたら、また協力してもらうことになるかもしれないが」と言い置いて、弓納さんと一緒に帰っていった。

＊

翌日の火曜日。再び短縮授業で、学校は午前中で終わった。詳しい事情は判らないが、PTAだか理事会だかのお偉いさんが、事件に対する学校側の対応に不満を述べて保護者説明会が紛糾し、やりなおしになったとか、ならないとか。ともかくそんな噂だ。

下校する途中、スーパーに寄って食材を買い込む。これまた我が家ではぼくの役割だ。いつも利用するスーパーが臨時休業だったため、ちょっと遠くにある別の店へ向かうついでに足を伸ばして、普段は馴染《なじ》みのない書店やCDショップをあちこち見て回る。創作料理の差し入れと引き換えにおふくろから小遣いをもらってふところが暖かかったので、つい気が大きくなる。その結果、帰宅ルートが普段と変わって、いつもなら〈モルトステイツ〉へは正面玄関から入るところを、ピロティ駐車場を通り抜けた奥にある裏口のドアを使うことになった。

ふと、ぼくはピロティ駐車場の中で足を止めた。え、と思わず声が出る。なんと、そこに、金曜日の夜、蔵の前で目撃したあの外車が停められているではないか。慌ててナンバーを確認した。まちがいない。同一車だ。

ということは、例のメガネの中年男性はこの〈モルトステイツ〉の住人だったのだ。

どこかマンション内ですれちがったこともあるかもしれない。そうか。道理で、見覚えのある顔だと思ったはずだ。あれ。でも、それならどうして、ここから歩いて数分もかからない月極め駐車場へわざわざ車で行ったりしたのかな、と一瞬疑問に思ったが、よく考えてみれば別に不思議でも何でもない。刀根館さんを送り迎えするためだろう。

この外車の持ち主は誰なのか？　好奇心にかられて車体の後ろへ回り、車止めを見てみたが、ネームプレートは取り付けられていない。〈8〉という番号が白く塗られているだけだ。後で管理人さんに確認してみよう。そう思いながらエレベーターに乗る。

四階で降りると、四〇一号室の前に佇《たたず》むひと影があった。ひと待ち顔の様子からしてマンションの住人には見えないが、どうやってオートロックの玄関からここまで入ってこられたのだろう。宅配便の配送員の背中に、こっそりくっついてきたのかな。一見女子大生ふうの若い娘で、時折長い髪を掻き上げる仕種がナルシシスティックだが、CMモデルばりに派手な顔だちが、見る者から鼻持ちならないと感ずる余裕を奪う。脚線美がご自慢らしく、惜しげもなくデニム地のホットパンツから長々と素脚《すあし》を露出させている。タンクトップの生地を形よく押し上げている胸もともセクシーで、ぼくの知り合いには絶対にいないタイプだが、両親の同業者もしくは業界人っぽくもない。もしかして、おふくろのファンかな？

あれこれ頭をひねっていたら、ぼくに気づいたその娘、気安く手を挙げた。「ずいぶん遅かったのね。寄り道？」

「えと。どちらさま？」

「あたしよ。弓納」

「ゆみ……って」げっと喉が勝手に珍妙な音を立てた。「い、いいんちょおなのっ？」

「しっ」ひとさし指を自分の唇に当てて寄越すウインクは、あの陰気で野暮ったいガリ勉娘と同一人物とはとても信じられないくらい色っぽい。「その呼び方はやめて。せっかく変装してきたのに」

「へ」未だ仰天驚嘆さめやらぬこちらは、ただ茫然である。「へんそお？」

「とにかく早く中へ入れて」急《せ》かされるまま鍵を取り出して四〇一号室のドアを開けるぼくよりも先にお洒落なミュールを脱ぎ捨て、当然の顔をして部屋へ上がり込む。「感謝して欲しいわね。こうして気を遣ってあげているんだから」

「は」不覚にも、腰に手を当ててコケティッシュなポーズを決める彼女に見惚《みと》れてしまって、我ながら笑い出したくなるくらい、ぽっかりと間が空いた。「というと。えと。ど、どんなふうに？」

「この近所やマンションにも同じ小椰の生徒が住んでいないとも限らない」

「かもしれないけど。それが？」

「昨夜は保護者連れだったからいいけれど、例えばあたしがひとりでこの部屋へ来たところを誰かに見られたらどうする？　学校で変な噂になったりしたら嫌でしょ」

「別に。なんとも思わないけど」

「あんたのことじゃないわよ。あたしが嫌だって言ってるの」

聞きようによっては失敬千万な科白を堂々と言ってのける。だいたいそれだと、こちらに気を遣ってくれていることにはならないじゃん。矛盾を自覚しているのかいないのか、蓮っ葉な口調で平然。今日の弓納さん、外見だけでなく態度まで普段とちがう。

「はあ。だからわざわざ変装してくれた、というわけですか。そりゃどうも」

「勘違いしないで。便宜的に変装って言ったけど、むしろいまあなたの見ているほうが、あたしの真の姿なんだから」

「ていうと、学校で見る弓納さんは世を忍ぶ仮の姿ってこと？　じゃ、いつも掛けているメガネも伊達《だて》だったりして」

「当然でしょ」こちらの皮肉や冗談にもいっこうに動じない。「あたし、両眼ともに視力は二・〇だ」

「あのう」他人の家で勧められもしないのに勝手にリビングのソファへ腰を下ろし、妙に誇らしげに素脚を組む彼女に、もうご退去願いたいような、このままずっといて欲しいような、なんとも複雑な気分。「つまり学校ではいつも変装してるってこと？　なんでわざわざそんなことすんの？」

「そうね、ひとことで言えば、目立つのが嫌だから、かな。目立つとさ、やっぱりいろいろひとが寄ってくるじゃない。あたしこう見えても、気を遣うタイプなの、すごく。あんまり他人との付き合いが多いとさ、そんな必要のない相手にも、うっかり笑顔を見せてしまったりする。それが嫌なのよ」

「どうして？」

「決まってるでしょ。いちいち笑っていたら顔に小じわが増えるからよ」

「はあ」

「こういうことは若いうちから注意していないとね。せっかくの艶々《つやつや》のお肌も台無し」

たしかに、泥臭い田舎娘だとばかり周囲に看做《みな》されていた娘がメガネを外したら、あら不思議、意外に綺麗だったというのはマンガや映画によくあるパターンだけれど。それは本人に自覚がないという大前提に立ってこそ可愛げもあるわけでさ。こうも高飛車だと鼻白むばかり。おまけにその理由が、顔に小じわをつくらないためだ、とくるんだから。さっぱりわけが判りまへん。

「その点、いつものあたしみたいに地味に無口にかまえていれば、あいつはああいうやつなんだから放っておこうってことになって、お互いに気楽でしょ」

よく考えてみたら、これって要するに、自然体のあたしは他者を惹《ひ》きつけないではおかない美人だから困っちゃうのよねえ、なんて自慢しているだけなんじゃないかしら。

学校でこんな尊大かつ高慢な態度を取ったりしたら、そりゃ目立つだろう。嫌な女とばかりに敬遠されたり苛《いじ》めの標的になったりするのは必至で、たしかに普段は変装しておくのが正解かもしれない。決して小じわができる云々の問題ではなく。

「はあ。そんなものですか。で、今日は何の用なの。おれ、これから昼飯なんだけど。なんなら一緒にどう？　材料はあるから、ふたり分つくっても手間はそんなに」

「おかまいなく。あのね」ソファから立ち上がると、対面式キッチンのカウンターに頬杖をついて、こちらを覗き込んでくる。「どうやら刀根館さんに高築くんを殺せたはずはない——という結論になりそうよ」

「え。それじゃ」冷蔵庫に伸ばしかけていた手が止まる。「事件が発生したのは、彼女が蔵にいた時間帯と重なっているの？」

「ええ。刀根館さんの供述によると——」弓納さん、一旦口をつぐむと上眼遣いに声を低めた。「いまから言うことは、絶対に他のひとに喋っちゃだめよ」

どうやら彼女、身内のコネを最大限に利用して、伯父さんである乙加刑事からいろいろと捜査情報を引き出してきているらしい。いいのかな、それって。

「だったら、おれも何も聞かないほうがいいんじゃないの」

「情報提供をしてもらったひとは特別よ。ともかく刀根館さんの供述によれば、金曜日の夜、高築くんが彼女の自宅へ押し入ってきたのは午後十時頃のことだったらしい」

「押し入ってきた、ねえ。どうも普段の高築のさわやかなイメージにはそぐわないな。よく知っているわけじゃないけど」

「正確に言えば、一応ちゃんとインタホンを鳴らして正面玄関からやってきたというんだけどね。実際、警察が調べたところでは、例えば窓を割ったり鍵を壊したりして侵入した形跡はない。刀根館さんもインタホン越しに聞いた声が知り合いのものだったから、つい油断してドアを開けたら、彼はいきなり彼女に襲いかかってきた、と」

「刀根館さんの家族はどうしてたの」

「彼女は、お母さんが病死されていて、お父さんとふたり暮らしなんですって。そのお父さんは金曜日の夜、仕事で遠方へ出張中。自宅にはいなかった」

「そりゃまた間の悪い」

「でもこれって、偶然じゃないのかもしれない」

「というと？」

「刀根館さんのお父さんが勤めている会社の社長っていうのがね、何を隠そう、高築くんのお父さんなんだなこれが」

「つまり、高築がその気になれば、父親を通じて刀根館氏の出張の予定を調べるのはたやすいことだった、と？」

「ご明察。もう彼本人に確認する術《すべ》はないけれど、刀根館さんの証言によれば、高築くんはドアを開けるなり狼藉《ろうぜき》に及んだという話だから。彼女が自宅でひとりでいることを事前に知っていたんだろう、と。あまりにも突然の出来事に刀根館さんは、ろくに抵抗もできなかったとか。というより、その前後の記憶が曖昧なんですって。気がついたら裸にされ、犯されていた、という感じで」

弓納さんの直截《ちょくせつ》なものいいに、つい生々《なまなま》しい想像をしてしまった。いつもの野暮ったい委員長とはまったく別人の女の子とふたりきりでいるという状況に、急に息苦しさを覚える自分を持て余す。

「自分がいつの間に台所から包丁を取り出してきたのかも、はっきりとは憶えていないそうよ。ただ、高築くんを刺した時、彼はもう下着をつけていたから、おそらくことが終わった後だったんだろう、と。行為の最中は高築くんも全裸だったそうだから」

昨日ウエダから事件のことを聞かされた時は、刀根館さんは高築に襲われそうになったので抵抗した拍子に彼を刺してしまった、すなわち暴行自体は未遂に終わったというイメージを抱いていたのだが、噂の流れる過程で情報が錯綜し、変容したのだろう、どうやらずいぶん事情がちがうようだ。もちろん専門的なことはよく知らないけれど、状況を聞く限りではウエダが言っていたような正当防衛ではなく、刀根館さんが過剰防衛に問われる可能性もありそうな印象である。

「彼を何回刺したのかも判らない。ふと気がつくと眼の前に高築くんが血まみれになって倒れていた。脈をとってみたけれど死んでいる。自分が殺してしまったんだという実感もなかなか湧いてこなくて、刀根館さん、しばらく茫然自失していたんだけど、ふいに病院へ行かなくちゃと思いついて——」

「病院？　もう死んでいるのに？」

「高築くんじゃなくて、自分のために」

「刀根館さんも怪我をしていたの？」

「そうじゃなくて。あのね。男に乱暴された以上、それ相応の処置というものをしなくちゃいけないでしょ、女は」

弓納さんの憐れむような、それでいて責めるような眼つきに心が千々に乱れ、自分がいったい昼食に何を用意するつもりだったのかも忘れてしまった。諦めてコーヒーメーカーだけをセットし、ぼくはリビングのほうへ移動する。

「彼女は服を着て、救急病院へ行った。歩いていったのかタクシーを拾ったのかも憶えていないらしいけれど、ここから後の経緯は病院関係者からも証言が得られているわ。刀根館さんがふらふらと夜間入口のところへ現れたのは、もう日付が変わった土曜日の早朝。午前四時頃のことだったとか」

高築が刀根館家へ現れたのが前日の午後十時だったのだとしたら、ずいぶんと時間が空いている。ショックのあまり刀根館さんはそれだけ長いあいだ茫然自失していた、ということなのだろうか。

「彼女は当直の看護師に、性的暴行を受けたので処置をして欲しいと訴えた。最初は、戸外で見知らぬ暴漢に襲われたというふうに話をしていたらしいわ。でもそれにしては刀根館さんの服は土で汚れたりしていないし。よく見ると、彼女の両手は乾いた血で赤黒く染まり、頬から首筋にかけても血痕でまだらになっている。なのに刀根館さん自身が負傷している様子はないと気づいた看護師が、これはただごとじゃないと警察に通報した」

「それで事件が発覚したのか」

「警察が来て、彼女は暴漢を殺害してしまった事実はすぐに認めたけれど、現場が自宅だとはなかなか喋らなかったらしいわ。ようやく打ち明けた時には、もうすっかり夜が明けて朝の九時頃になっていたんだとか」

弓納さんもゆっくりリビングのほうへやってきた。ソファには座らず、どこか颯爽《さっそう》と歩き回りながら説明を続ける。

「刀根館家を捜索した警察は、半裸状態の高築くんの遺体を発見した。喉や胸をめった刺しにされていたそうよ。凶器の包丁もすぐ近くに転がっていて、刀根館さんの指紋が検出された」

「死因は？」

「外傷性ショック死。検死の結果、死亡推定時刻は金曜日の夜、午後九時から土曜日の午前三時までのあいだと考えられているんだけれど、現場の状況からして、おそらく午後十時二十分以降だろう、と」

「どうしてそんなに限定できるの？　刀根館さんが証言しているわけじゃないよね。その前後の記憶は曖昧だという話だったもの」

「高築くんの遺体が発見された現場は、刀根館家の玄関から入ってすぐ左にある和室で、その床の間にあった置き時計が倒れた拍子に中の電池が外れ、十時二十分で止まっていたんだって。おそらく彼女が乱暴された時、どちらかの身体が触れた結果だろう、と。従って高築くんが刺されたのはそれ以降ということになる」

例えば刀根館さんが、この状況を楯《たて》に取って十時二十分頃に自分は家にいなかったと主張したとすれば、そんなアリバイに信憑性なんか皆無だったはずだ。落ちて壊れた拍子に止まった時計によって特定される犯行時刻とは、それこそアリバイもののミステリで使い古された偽装工作のパターンなわけで、先ずその前提を疑ってかかるのが常識というものだろう。

実際、今回の事件における置き時計の時刻も偽装工作である可能性は大きい。だってその頃、刀根館さんが肖奈町の自宅にいたはずはないからだ。しかし彼女はその時間帯のアリバイを主張しようとはせず、自分が高築を殺したと供述している。だからこそ警察にしても、置き時計による時刻特定がトリックかもしれないという発想や疑念の湧いてきようがないわけだ。

「憶頼くんの証言が如何《いか》に重要か、これで判ったでしょ。もしも彼女が金曜日の午後九時から十一時半までのあいだ岸良町にいたのだとしたら、これら彼女の供述はすべて、まったくのでたらめだということになる」

「そういえば、あの月極め駐車場の蔵の持ち主って、誰なのか判ったの？」

「ううん。警察はもう調べたかもしれないけれど。あたしはまだ知らない。昨夜別れたきり伯父さんには会っていないから」

「殺したのに殺していないと主張するのならまだ判るけど。逆なんだねこれは。刀根館さんはいったい何のために、そんな虚偽の証言をしているのかな」

「他にあり得ないわ」弓納さんは立ち止まって、ぼくの顔を覗き込んでくる。「誰かを庇っているのよ」

前屈みのポーズによって強調される彼女の胸もとから眼を逸《そ》らせ、ソファから立ち上がって、できたばかりのコーヒーをふたり分のカップに注ぐ。「誰か、って？」

「高築くんを殺した真犯人」

「だから、それって誰なの？」

「刀根館さんにとっては命にかえても守らなければいけないような大切なひとよ」

「例えば?」

「それはまだ判らないわ。案外、彼女のお父さんなのかもね」

「え。でも、出張中だったんだろ。どこへ行っていたのかは知らないけど」

「こうなった以上、警察はその事実関係も含めて事件を調べなおさなければいけなくなるでしょうね。もしかしたら刀根館さんのお父さんは金曜日の夜、ほんとうは出張なんかしてなくて、自宅にいたのかも」

「だとしても、どうして刀根館さんのお父さんが高築を殺さなきゃいけないの?」

「動機については本人に訊かなきゃ。でも、こういうのはどうかな。金曜日の夜、刀根館さんが独りで留守番をしていると思い込んで彼女の自宅へ押しかけた高築くんは、そこで留守のはずの刀根館氏と鉢合わせしてしまった。高築くんが娘に対してよからぬことをする目的でやってきたと悟った刀根館氏、彼を問い詰め、言い争いが高じた結果、惨劇が起こった、と」

「それはおかしいよ」

「どこが?」

「高築は窓を割ったりして刀根館家へ忍び込んだわけではなく、インタホンを押して玄関から堂々と入ってきた。刀根館さんはそう証言している。仮にそれが単なるでっちあげだとしても、刀根館家へ何者かが強引に侵入した形跡が見当たらないことはたしかなんだろ？　刀根館さんが自宅にひとりでいるとの思い込みゆえに悲劇が起こったのだという前提に立てば、どのみち高築は正面玄関から堂々と刀根館家へ入っていったことに変わりはないと考えられる。だとすれば、娘の代わりに応対に出てきた刀根館氏を見た時点で高築は自分の勘違いに気づき、回れ右してさっさと帰っていたはずだ」

「そうとは限らないわよ。出迎えたのが刀根館さんのほうだったとしたら、高築くんは彼女がひとりで家にいるとばかり思い込んでしまったのかも」

おいおい、それは仮定の出発点自体がまちがっているぞと一蹴《いっしゅう》しようとしてぼくは、ふと、そう指摘する前にタイムテーブルを整理しておく必要があると思い当たった。

「ひとつ訊いてもいいかな。高築が刀根館家へやってきたのは午後十時頃だったとされているけれど、刀根館さんの供述以外に何か、そのことを裏づけられる証拠とかはないの？」

「そういえば、高築くんが自宅を出たのは午後九時半過ぎだったと、彼のお祖母《ばあ》さんが証言しているという話ね」

「お祖母さんが一緒に住んでいるのか」

「ええ。金曜日の夜は高築くんのご両親とも不在だったんだって。お父さんは仕事、お母さんは同窓会で。高築くんは九時半頃、友だちの家へ行ってくるとお祖母さんに言い置いて出かけている。普段はそんな時間に遊びに出たりしないんだけれど、両親が揃って留守の時くらい羽を伸ばしたいんだろう、と普段から孫には甘いお祖母さんはそう思って、特に不審には感じなかったらしいわ」

「そういや、高築の家《うち》ってどこ？」

「何いってんの。ここよ」

「は？」

「このマンション。〈モルトステイツ〉の最上階。東側の角部屋が高築家よ。知らなかったの、くらっち？」

昨日までは憶頼くんと呼んでいたのが、いまや「くらっち」だ。ほんとに別人を相手にしているみたいな変な気分。「面目ない。知らなかった。最上階の東の角部屋か。てことは、うちのおふくろの第一希望だったのに結局入居できなかったメゾネットタイプだ」

「抽選に外れたとか」

「いや。高価《たか》すぎて手が出なかったの」これはほんとうの話。「九時半にこのマンションを出た高築は、どうやって肖奈町へ行ったのかな。まさか歩いたわけじゃないよね」

「自転車よ。ちなみにそれは刀根館さんの家の前で発見されているし、十時頃、高築くんらしき人物が自転車から降りて刀根館家へ入ってゆくのを近所のひとが見ている」

なあんだ、そんなに明確な目撃証言があるのならもっと早く言ってくれよと呆れると同時に、ふと引っかかるものを感じた。それが何なのか即座には判らず、もどかしい。とりあえず理詰めで弓納さんの仮説を覆《くつがえ》しながら、自分の思考を探ってみることにする。

「話を戻すけど、仮に夜の十時にインタホンが鳴ったら、普通は、こんな時間に誰だろうと警戒するんじゃないかな。少なくとも高校生になったばかりの娘を玄関へ行かせるのは不自然だよ。もし刀根館氏がその時家にいたのなら、自分で応対するだろう」

「たまたまその時、お父さんは入浴中だったとか。そういう事情だったら刀根館さんが応対するしかないでしょ。それに、訪問者が全然知らないひとならばともかく、同じ学校の同期生だったら油断して、気安く上げてしまったとしてもおかしくない。そうよ。お父さんが家にいたからこそ、彼女は安心して高築くんを招き入れてしまった。そう考えたほうがむしろ自然だわ。かたや高築くんは刀根館さんがひとりだとばかり思い込んでいるから、躊躇なく彼女に襲いかかった。そこへ出張中で留守のはずのお父さんが現れる。娘の窮地を救おうと必死になるあまり、つい暴漢を刺してしまった、と」

「弓納さんは肝心なことを忘れているよ。いま言った仮説はすべて、金曜日の午後十時に刀根館父娘《おやこ》がふたり揃って自宅にいたという前提に立っているけれど、だったらあその駐車場の蔵でおれが目撃した女の子はいったい誰だったっていうの？」

「あ痛」それまでクールな態度を崩さなかった彼女、思わずこちらが憐憫《れんびん》の情を催してしまうほど地団駄踏んで口惜しがる。「そ、そうか。そうよね。あーくそ。うっかりするにもほどがある。ばかかあたしは」

「そもそも、仮に高築を殺したのが刀根館氏だったとしたら、逮捕された娘を父親として放っておくはずがないだろ。いま頃とっくに自首しているはずさ」

「それは判らないんじゃない。いろいろ事情があるのかもしれないし」

「事情って、どんな？」

「だからそれはいろいろ。たしかに高築くんがやってきた時、刀根館さんは自宅にいなかったんだろうけれど、出張中のはずのお父さんがそこにいて、彼と鉢合わせした可能性はまだ残っている」

「だからさ、それはさっきの議論の蒸し返しじゃん。仮に刀根館氏が金曜日の夜に自宅にいたのだとしたら、高築に応対したのは彼しかいない。その時点で高築だって、自分が事前に得ていた出張情報が誤りだったと気づいて、さっさと辞去していたはずさ。少なくともふたりのあいだで諍《いさか》いに発展するような出来事があったとは考えにくい」

「あ。判った」負けず嫌いなのか、こちらの指摘に何も言及せず、一旦ソファに座ってコーヒーを飲みながら態勢を立て直していたらしい弓納さん、にかっと笑った。「刀根館さんが庇おうとしているのはお父さんじゃなくて、恋人よ」

「恋人？」こらこら、笑ったら小じわが増えるんじゃなかったの、とはもちろん言わないでおく。「誰のことそれ」

「知らないわよ、そんなことまでは」揚げ足を取られたと思ったのか、一転ぷっと頬を膨らませた。「高校生とはいえあれだけ綺麗なひとなんだから。こっそり大恋愛をしていたとしてもおかしくないでしょ」

「それはそうだけどさ」

「刀根館さんは金曜日の夜、お父さんが留守なのをいいことに、その恋人を自宅に呼び寄せていたんだわ。きっとそうよ。高築くんはその恋人と鉢合わせして、諍いになった挙げ句に殺されてしまった」

「ちょっとちょっと。だからね、何度も言うようだけれど、その時間帯、刀根館さんは自宅にいなかったんだよ」

「判ってるってば。この場合、それは別に問題じゃないのよ。彼女の恋人が刀根館家へやってきたのは、高築くんよりもずっと早かったと想像される。その時、刀根館さんもまだ自宅にいた。そして恋人に、ちょっと待っていてねと言い置き、自宅を後にする。恋人はひとり残って刀根館さんを待っている。そこへ高築くんがやってきたってわけよ。ともに刀根館さんに夢中の男ふたり、直感的にお互いを敵だと悟り、激しい言い争いはやがて刃傷沙汰《にんじょうざた》に発展。結果、高築くんは負けて、殺されてしまう」

「高築が半裸状態だったのはなぜ？」

「そんなの、刀根館さんが代わりに罪を被るための偽装に決まっているでしょ。帰宅して事件の経緯を知った彼女は、何がなんでも恋人を守ってあげなければと決意し、自分が高築くんを殺したのだというシナリオをでっちあげた」

「でもね、弓納さん、仮にその考え方が正しいとするとだよ。刀根館さんはわざわざ自分に会いにきてくれた恋人に待ちぼうけを喰らわせておいて、そのあいだ、別の中年男とあそこの蔵に籠もっていた——ということになってしまうんだけど」

「そうね。つまり彼女は二股《ふたまた》をかけていたってわけだ」

「刀根館さん、そんなことするかなあ」

「あらら。くらっちも所詮、男の子ね。ほんと。イメージに弱いんだから。女ってね、見かけによらないものよ。純真そうな美少女に限って、びっくりするようなインモラルなことを平気でしたりするんだから」

女は見かけによらない。なるほど。それは真実だろう。なにしろ究極とも呼ぶべき実例が、いまぼくの眼の前にいるんだし——と心の中でこっそり苦笑。

「おれが言ってんのは、そういうことじゃないよ。仮に刀根館さんが二股をかけていたとしても、ひと晩にふたりの男をかけもちするなんて。なんでそんなせわしない真似をしなきゃいけないの」

「うっかりダブルブッキングしてしまったんじゃない？　恋人を自宅に呼び寄せる段取りになっているのを忘れて、中年男とも会う約束をしてしまった。あるいはその逆かもね。どちらか一方もしくは両方の約束を取り消すことも考えたけれど、変に勘繰られるかもしれないと用心して、綱渡りのようなかけもちで乗り切ろうとしたってわけよ」

「もしその仮説が正しいのだとしたら、刀根館さんは恋人を庇うために自分が高築を殺したと主張していることになるわけだろ。そこまで想っている相手がいるのに、そもそも二股なんてかけるかな」

「それは一概には言えないわ。彼女にとって愛情とセックスは別物かもしれないし。あるいは惨劇が起こったことで初めて、その恋人への激しい執着を刀根館さんは自覚したのかもしれないでしょ」

「なるほどね。そういう可能性も絶対にないとは言えない。でもおれはやっぱり不自然だと思う。一番の難点は、恋人を自宅で待たせておくなんてリスクを、なぜ敢えて冒さなければいけないのかということだ。しかも二時間半ものあいだ。肖奈町からここへの送り迎えを中年男に車でやってもらったとして、その往復時間も含めると約三時間。そんなに長く待たされたら恋人だって不審を覚えるかもしれない。刀根館さんにとってそのリスクを回避するのは簡単なことだ。恋人に自宅へ来てもらう時刻を、例えば午前零時に変更してもらうとか、そういう措置を事前に講じておけばいい。少なくとも、弓納さんが言うように、二股かけている男たちに変に勘繰られたくないというのが綱渡り的なかけもちの目的なのだとしたら、それくらいの工夫は当然したはずだろうに」

「ったく。よくもまあそこまで細かく反論してくれるわね。だったら、くらっちはどう考えるっていうのよ、この事件のことを。え。ひとにばかり頭を使わせないでさ、たまには自分の意見を述べたらどう」

「おれ？　おれなら素直に考えるけど」

「素直に考えたらどうなるのよ」

「高築が到着した金曜日の午後十時、刀根館家には誰もいなかった。その前提に立ってすべてを考えるべきだと思うよ。お父さんは出張中で、そして刀根館さんはあの駐車場の蔵の中にいたんだから。ね」

「ちょっと待ってよ。じゃあ高築くんはいったいどうやって刀根館家へ入れたの？　ちゃんと近所の住民が目撃しているのよ、家の中へ入ってゆく彼の姿を」

「でもそれって、ドアを開けて高築を迎え入れている刀根館家の者とおぼしき人物も一緒に目撃されているの？」

「え。さあ。それは知らないけど……言われてみると、そういう感じじゃなかったような気もするわね。でも」

「家に誰もいなくても、高築はちゃんと刀根館家へ入れた——そういうことなんじゃないだろうか」

「だから、どうやって？」

「なんでもないことさ。合鍵をあずかっていたんだ、彼女本人から」

「彼女……って、刀根館さんのこと？」

「そう」喋っているうちに、さっき何が心に引っかかったのかがようやく判ったような気がした。「刀根館さんは、いつかは判らないけれど、金曜日よりも以前に、こっそり自宅の鍵を高築に渡しておいた――あたしはちょっと留守にしているけど、これで玄関のドアを開けて中で待っていてくれ、と」

「で、でも、それじゃ、ふたりは合意の上だった……というの？」

「すべて虚偽のはずの刀根館さんの証言の中で、事実と合致する点がひとつある。それは高築が刀根館家へやってきた時刻だ。午後十時に自宅にいなかったはずの刀根館さんが、その時間に高築が自宅へやってきたことを、いったいどうやって知り得たのか？　単なる偶然の一致ではないとすれば、他に考えられない。事前に彼女自身が高築に、そうしろと指示していたからだろう」

説得力を感じたのか、弓納さんの眼に初めて畏怖にも似た翳《かげ》りが生じる。

「だったら、どうして帰宅した刀根館さんは高築くんを殺したりするはめになったの？　事前に彼に合鍵を渡していたのなら、これはレイプじゃなくて、むしろ彼女から誘――」

「合意の上だと思っていたのは高築だけで、刀根館さんのほうは最初から彼を殺すつもりだったんだ」

「なんですって」

「あのさ、おれが金曜日の夜、刀根館さんの姿を目撃したのはまったくの偶然だったと判断して、まずまちがいないよね」

「それはそうでしょう。憶頼くん、誰かに指示されて外出したわけじゃないんだし」

　呼び方が「くらっち」から再び憶頼くんに逆戻りだ。そのせいか、メガネを掛けていない彼女の顔に、いつもの「委員長」の面影が浮かぶ。

「つまり、刀根館さんにしてみれば、おれという目撃者の出現によって自分にアリバイが発生するという事態はまったくの計算外だった。もっと正確に言えば、彼女にとって、自分のアリバイを知る人物はたったひとりしかいてはいけなかった」

「それって」弓納さん、だいぶ落ち着きを取り戻した表情で頷《うなず》いた。「そうか。蔵で密会していた中年男のことね」

「問題の中年男を仮にＡさんとしておく。Ａさんの立場になって考えてみよう。刀根館さんの実名が報道されずとも、彼女と近しい立場にあると思われるＡさんだ、遅かれ早かれ事件のことを知るだろう。刀根館さんが同期生を刺殺して逮捕された、と。さて。Ａさんはどう反応する？」

「驚くでしょう。高築くんを殺したと主張するその時間、刀根館さんは自分と一緒に蔵の中にいたはずなのに。いったいどういうことなのか、と。あ。そうか。なるほど」弓納さん、眼を瞠《みは》って身を乗り出してきた。「刀根館さんの狙いはそれなのね？　彼女、Aさんが警察へ出頭して自分の無実を証明してくれるのを待っているんだわ。アリバイの信憑性をより確実にするために、自ら主張するのは控えているんだ」

何かちがうような気がする……考え込むぼくを尻目に弓納さん、さらに勢い込む。

「そうか。なるほど。最初から刀根館さんは高築くんを殺すつもりだったのね。お父さんが不在の日を選んで。事前に言葉巧みに彼に自宅の鍵をあずけた。目撃者がいた場合を想定して、絶対に十時に来るようにと言い含めておく。なにしろあんな綺麗な娘から誘われたんだもの、真面目な高築くんだってつい理性を失って言いなりになった」

「無人の刀根館家へ上がり込んで、午前零時近くまで彼女の帰りを待った――」

「高築くんが刀根館さんに殺されたのは、実は彼女が帰宅した後のことだったのね。アリバイがある云々の話になったからうっかり勘違いしそうになるけれど、彼女が高築くんを殺したという事実に変わりはないわけだ。乱暴されたことも含めて刀根館さんの供述は全部でたらめだし、電池が外れて止まってしまったという置き時計も偽装工作だった」

「自分は十時二十分頃たしかに自宅にいた、という主張を補強しようとしたんだ」

「高築くんを殺害した後、彼女は計画通り救急病院へ向かう。最初から犯行を告白するつもりでね。ただし現場が自宅であることはなかなか明かさず、事情聴取を朝の九時まで引っ張った。そもそも午前四時になるまで病院へ行くのを待っていたのも時間稼ぎのためだったのよ。高築くんの遺体があまりにも早く発見されてしまっては死亡推定時刻に幅を持たせられないかもしれない、その結果、自分の供述が疑われかねない、と。そう計算したのね、きっと」

なるほど。そこまで頭の回っていなかったぼくは素直に感心してしまう。

「あとは事件のことを知ったAさんが、自分のアリバイを証明してくれるのを待つばかりってわけよ。そうなれば刀根館さんは、実はあたしは殺していない、犯人を庇おうとして咄嗟《とっさ》に嘘をついたんだ、と供述を翻すだけ。具体的に誰を庇いたかったと言うつもりなのかは判らないけれど、かくして彼女は、ひとをひとり殺害しておきながら堂々と無罪を勝ち取れる。そういう計——」

「待った。死亡推定時刻に幅を持たせるためにあの手この手で時間稼ぎをした、というところまではいい。納得できる。でも、その後はいただけない」

「というと、どの部分が？」

「はたしてAさんがちゃんと警察に出頭して彼女のアリバイを証言してくれるのか、という問題がある。そうだろ。そんな時間に蔵の中で女子高生とふたりきりで籠もって、あなたはいったい何をしていたんだ、と。そう追及されたらAさん、どう答える？」

「え。それは……うーん」

「まずいだろやっぱり。実際に身に疚《やま》しいところがあろうとなかろうと、淫行を疑われるのは避けられない。もしもAさんが妻子持ちだったりしたら、絶対に刀根館さんのアリバイの証言なんかしてくれないぜ」

「でも判らないわよ。Aさんがどれだけ刀根館さんに夢中なのかにもよるし」

「いや。この場合、それは問題じゃない。刀根館さんがどう考えたか、なんだ。同じアリバイ工作をするなら、Aさんにとってもっと証言しやすいシチュエーションを、彼女は他にいくらでも設定できたはずだ。そうだろ。なのになんでわざわざ、密室にふたりきりで籠もっていたなんて、いかがわしさの極《きわ》みみたいなシナリオを書く必要がある?」

「言われてみれば、その通りだけど」

「ということは、だ。むしろ話は逆なんじゃないだろうか」

「逆? 何、逆って」

「刀根館さんの目的はAさんにアリバイを証言してもらうことではなかった。むしろAさんが警察に出頭しようと思ってもできない状態に追い詰めようとした……」

追い詰める——何げなしに使った言葉だったが、その刹那《せつな》、眼前の世界の黒白が反転したかのような錯覚に陥る。すべてが判ったような気がした。

「何それ？　意味ないじゃん。だって状況に鑑《かんが》みれば、Aさんはむしろ出頭なんてしたくないわけでしょ。それをさらに、できないように仕向けるなんて無駄もいいところで」

「Aさんは警察に出頭したいんだよ。それは自分が事件に関して証言しなければいけないことがあるからだ。ただし、それは決して刀根館さんのアリバイなどではない」

「事件に関してAさんが証言できることっていえば、彼女のアリバイだけじゃない」

「いや、ちがう。よく考えてごらん。刀根館さんは、高築が彼女に対してどういう行動をとったと供述している？」

弓納さん、口を半分開け、睨むようにしてぼくに眼を据える。その唇が震えているように見えたのは気のせいだろうか。

「高築は彼女を強姦した──刀根館さんはそう言っているんだ。しかしAさんだけは、それが嘘であることを知っている。なぜなら彼女が高築に襲われたと主張している時間、彼は刀根館さんと一緒にいたんだから。Aさんはできることなら警察に出頭し、そのことを包み隠さず話して、高築の不名誉を晴らしてやりたい。しかし──」

「そう簡単にはできない。なぜなら刀根館さんと一緒にいた状況が状況だから……」

「そういうこと。もしもこの仮説が当たっているとしたら、Aさんとは高築と極めて近しい立場の人間という理屈になる。高築がそんな汚名を着せられたまま死ぬのは絶対に我慢ならないような――」

「歳恰好からすると、もしかしてAさんて、高築くんのお父さんとか……」

あ。思わず声が出ると同時に、ぼくは玄関ドアへ突進していた。「ちょ、ちょっと。どうしたのよ？　憶頼くん。待って」と弓納さんも慌てて付いてくる。四階で止まったままのエレベーターに、先に乗ったぼくを突き飛ばさんばかりの勢いで飛び込んできた。

「どうしたのよ急に」

「金曜日の夜、おれが見た車……さっき階下のピロティ駐車場に停められてた」

「なんですって」

一階の管理人室へ行ったぼくは問題の外車の持ち主を確認した。すると案の定、該当車輛は最上階の高築氏のものだった。さらに管理人さんによれば、くだんの月極め駐車場は左雨《さつさ》家のものだという。もとのお屋敷の持ち主の遺族で、そこの三女が高築氏の妻、すなわち敏朗の母親だ。高築家は蔵を所有しているわけではないが、住居が近い関係で掃除などの管理を引き受けているらしい。当然、高築氏は蔵の鍵を使おうと思えばいつでも使える立場にあったわけなのだ。

「――これで」四〇一号室へ戻ってきた弓納さん、茫然としている。「決定的……ね」

「高築氏は勤め先の社長という立場上、刀根館氏が金曜日の夜、出張中で不在であることを知っていた。その日を狙って刀根館さんを呼び出し、あの蔵へ連れていった。ホテルなどよりもひと目を気にせずに済むという配慮からなのかな。しかし泣き寝入りするつもりのなかった刀根館さんは、高築氏の命令に従うふりをして裏で工作し、彼に一矢《いっし》報いてやろうと――」

「でも、動機は？」

「刀根館さんの？　だから言ってるだろ。高築氏を窮地に陥れてやろうとしたんだよ」

「仮に刀根館さんが高築氏からむりやり関係を迫られ、その意趣返しを企んだのだとしても、どうしてわざわざこんなややこしい策略を巡らせなければいけないの。何の必然性があって？　しかも彼女は、そのためにひとをひとり殺しているのよ。ことは極めて重大だわ。そんな極端に走らなくても、はっきり高築氏を拒絶するとか、それが無理なら信頼できる年長者に訴えて助けを求めるとか。ね。いろいろ手を打てたはずなのに」

「無責任な想像だけど、高築氏は何か刀根館さんの弱みを握っていたのかもしれない」

「弱み……」

「具体的に何かは判らないけれど、彼女が抵抗しようにも抵抗できないほど強力なネタだったんじゃないだろうか。あるいはその弱みとは刀根館さん本人ではなく、彼女のお父さんに関することだったのかもしれない」

「お父さんの……って、例えば？」

「例えば、刀根館氏が会社のお金をこっそり使い込んだとか、人妻と不倫したとか。とにかくそういう不祥事の類いだね。高築氏は彼女に、その動かぬ証拠を握っている、自分の言うことを聞かなければおまえの父親を破滅させてやるぞ、と脅迫した」

「よくもまあそんなえげつないことを思いつくものね。高築氏だけじゃない。憶頼くん、あなたにしても」

「あくまでも例えばの話だよ。ともかく断ろうにも断れない、誰かに相談しようにも相談できない状況に刀根館さんは追い詰められてしまったんだ。壁際まで。しかし彼女は、そこで泣き寝入りするような娘《こ》じゃなかった。ただで高築氏の思い通りにはさせるまい、と。壁を飛び越えられないならばいっそ壊してしまえとばかりに、脅迫者を逆に追い詰め返すという荒技に出たんだ」

「自分を追い詰めた高築氏を、逆に追い詰め返すために、すべてを計画した……」

「そう。関係を執拗に迫る高築氏についに屈伏するふりをして、刀根館さんは彼にいろいろ条件を提示したんだろう。例えば、会うなら父親が出張中の夜にして欲しいとか、自宅での密会は嫌だとか、絶対に他人に目撃される恐れのない場所を選んでくれとか」

「自分の計画に都合のいいように、すべてのお膳立てを調えたのね」

「最初は高築氏本人を殺すことも考えたかもしれない。しかし自分の恨みの深さを思い知らせるために、敢えて刀根館さんは無関係な高築を巻き込み、殺したんだ」

「逮捕されることも厭《いと》わず……」

「高築氏にしてみれば、自分が薄汚れた欲望に身を委《ゆだ》ねたばかりに、何の罪もない息子が死ななければならなかったという苦悩を背負わされるわけだ。たまらないよ、これは」

「このままだと高築くんは同期生をレイプした卑劣漢という汚名を着せられてしまう。死んだ息子が浮かばれない。なんとしてもその無念を晴らしてやりたい。実際、晴らせるのは高築氏自身だけなのよね。でも、そのためには、女子高生を脅迫して淫行に及んだという己れの罪と恥を世間に晒さなければいけなくなる。究極の板挟みだわ。進むも地獄、退くも地獄、という感じで」

「まさに、ね。刀根館さんにとっては、高築氏がこれからどういう選択をしようと、もはや関係ない。なぜなら、どちらに転んでも勝つのは彼女のほうなんだから」

「刀根館さんは知恵をしぼったのね。脅迫者を逆に破滅させるという大逆転劇を演ずる最強のカードを手に入れるために。それと引き換えにできるのなら、逮捕されるなんて、彼女にとっては何ほどのことでもなかったのかもしれない……」

# 蝶番《ちょうつがい》の問題

貫井徳郎

# 貫井徳郎《ぬくい・とくろう》

一九六八年東京都生まれ。早稲田大学商学部卒業。九三年、鮎川哲也賞最終候補作の『慟哭』でデビュー。二〇一〇年、『乱反射』で第六三回日本推理作家協会賞、『後悔と真実の色』で山本周五郎賞を受賞。主な著書に『誘拐症候群』『プリズム』『殺人症候群』『被害者は誰?』『追憶のかけら』『悪党たちは千里を走る』『新月譚』『微笑む人』『ドミノ倒し』『私に似た人』『我が心の底の光』などがある。

吉祥院《きっしょういん》先輩が箱根で缶詰にされている間、関東地方は大雨に見舞われていた。先輩が一週間も箱根に滞在していたのは、大雨で足止めを食らったからなのか、はたまたこれ幸いと居座っていたからなのか。長い付き合いのぼくには、きっと後者だったのではないかと思えてならない。缶詰とは言いながら、きっと出版社の金でおいしいものをたらふく食べ、ゆっくり温泉に浸かり、リゾートライフを満喫していたのだろう。薄給で重労働に耐えているぼくからすれば、羨《うらや》ましいことこの上ない。

先輩は箱根を発《た》つときに電話をくれた。先輩は友達が少ない。いくら優雅なリゾートライフとはいえ、一週間も誰にも会わずに過ごしていれば人恋しくもなるのだろう。そんなときに電話をする相手は、ぼくしかいないのだ。こちらも用があったので、夜には先輩のマンションにお邪魔する約束をした。

仕事を終えてマンションに到着したときには、夜の九時を回っていた。常識的には遅い時刻だが、小説家の先輩にとってはまだ一日の半分も過ぎていない頃だろう。警視庁捜査一課所属の刑事であるぼくは、早くてもこんな時間でないと体が空かないので、遅い訪問をいやがられないのは好都合だ。ぼくと先輩の仲が大学を卒業してから何年も続いているのは、そんなところにも理由がある。もちろん、ぼくが人並み外れて忍耐強いというのが、一番大きな要因なのだが。

先輩の住居は、最先端の設備を備えた高層マンションだった。地上四十二階建ての最上階で、眺望は抜群。エントランスはホテルのロビーと見紛《みまが》うばかりの豪華さであり、コンシェルジュなんてものまで常駐している。建物だけではなくサービスも一流ホテル並みだそうで、購入価格や月々の管理費はいくらなのか訊く気にもなれない。一億総中流意識なんて言葉はもはや死語で、今の日本にはひと握りの富裕層とその他大勢が存在することを否応《いやおう》なく実感させられる。刑事などという、ハードワークな割に見返りの少ない仕事に就いているぼくからすると、何度も言うようだが羨ましいことこの上ない。

吉祥院先輩は、今をときめく大ベストセラー作家である。本を出せばベストセラーリストのトップを飾り、本人の容姿がまさに眉目《びもく》秀麗という形容がふさわしいだけにテレビ出演の依頼も数多く、硬派なニュース番組でコメンテイターを務めたこともある。以前にインスタントコーヒーのＣＭに出たときは、コーヒーの香りに陶然としている先輩を見て卒倒した中年女性が少なからずいたそうだ。もっともふだんの先輩は、インスタントコーヒーなど泥水も同然だと言っていたのだが、むろんスポンサーは知らないことだ。

エントランスの自動ドアを開けてもらい、高速エレベーターで一気に最上階まで運ばれた。この浮遊感がまた、先輩とぼくの貧富の差をいつも思い知らせてくれるのだ。同じ人間に生まれて、どうしてこうも境遇が違うのだろう。先輩の才能がつくづく羨ましい。

「よう、桂島《かつらじま》。久しぶりだな。お前の間抜け面もしばらく見ないと寂しく感じるんだから、人間の感情ってのは不思議なもんだよな。三分も見れば見飽きる顔してるのになぁ、わっはっは」

いきなりの暴言だが、吉祥院先輩は機嫌が悪いわけではない。むしろすこぶるいいようだ。きっと執筆が進んだのだろう。

「こんな顔でもお役に立てば幸いですよ」

せいぜい皮肉で応じたのだが、面の皮が象の足の裏より厚い先輩にはまるで通じなかった。

「まったくだ。人間、無意味に生まれてくる人はいないってことだな」

うんうん、とひどい理屈で勝手に納得している。先輩に会いに来ると、自分がいかに我慢強い人格者かを確認することができる。

「聞いてくれよ、桂島ちゃん。長々とやってた週刊誌連載がようやく終わってさぁ。これがとんでもない傑作なんだよ。オレは自分の実力を正確に把握してるつもりだったけど、まだまだ過小評価だったと今回わかったね。自分の底知れない才能にびっくりだ」

先輩は何かの冗談のつもりで言っているのではなく、至って本気である。世の中で一番幸せな人間はこの人なのではないかと、いつも思う。

先輩は続けて、滔々《とうとう》とストーリーを話し始めた。ぼくはそれを右から左に聞き流しつつ、キッチンに立ってコーヒーを淹れる。先輩はいつも高い豆を常備しているので、それを飲むのがこのマンションに来る際のささやかな楽しみだった。百グラム三千円のブルーマウンテンなど、とても自分では買えない。

さすがに一週間も留守にしていただけあって、キッチンは珍しく片づいていた。掃除させられなかったことに感謝しつつ、先輩の話が終わるのを辛抱強く待つ。用件を切り出すにも、タイミングが大事だ。

「ところで先輩」

素晴らしい、とか、読むのが楽しみだ、とか、またベストセラー間違いなしですね、などといった適当なおべんちゃらを並べ立てておいてから、おもむろに話題を変えた。

「またちょっとした事件があったので、先輩のお知恵を拝借できるとありがたいんですけど」

「事件? なんだよ、せっかく人が脱稿の余韻に浸ってるっていうのに、無粋な奴だなぁ。まあ、かわいい後輩のためだ。オレ様の知恵の百万分の一くらいは貸してやらないでもないぞ」

「そうですか、ありがたいです」

先輩は大ベストセラー作家という顔の他に、現代の名探偵というもうひとつの顔を持っている。たまたま大学以来の付き合いのぼくが警視庁に勤めていることもあって、こうして知恵を借り、難事件を解決したことが何度もあった。先輩は持ち込まれる事件が難しければ難しいほど、喜び勇んで解決のために頭を働かせる。生まれつきの名探偵がこの世にいるとしたら、先輩のような人こそまさにそうなのだろう。

「実は今日の昼過ぎに、奥多摩で変死体が見つかったんですよ。それも五体も」

ぼくはコーヒーを運びながら、そんなふうに説明を始めた。吉祥院先輩の目が、いきなり輝き出す。

「ほう。変死体が五つも。そりゃ豪勢だな」

ちなみに、先輩の語彙《ごい》に「不謹慎」という言葉はないようだ。

「ええ。奥多摩にある貸別荘で五人の男女が死亡しているのが発見されたんですが、貸別荘に繋《つな》がる一本道がこの大雨による土砂崩れで塞《ふさ》がってて、発見が遅れたんです。五人の死因はまちまちで、中には明らかな他殺体もありました」

「まあ、お前がわざわざオレのところに持ち込んでくるんだから、単純な事故で五人が死んだわけないよな」

満足げに頷《うなず》きつつ、先輩は優雅な挙措でコーヒーカップを口許まで持っていった。いくら性格に問題があろうとも、そんな姿は素晴らしいほど様になっている。これで下品な罵倒《ばとう》さえ口にしなければ完璧な人なのに、やはり欠点のない人間など世の中には存在しないようだ。おまけにその欠点が至極傍《はた》迷惑ときては、付き合う方も楽じゃない。

「そうなんですよ。でも困ったことに、死体発見が遅れたせいで腐敗が進行していて、五人がどういう順番で死んだのか特定できないんです。つまり、五人の中のひとりが殺人犯であることはほぼ確定的とはいえ、どの死体が犯人なのかわからないんですよ」

「なんだ。今の死体鑑定能力ってのも大したことないんだな」

「奥多摩は都心部よりかなり寒いこともあって、貸別荘にはエアコンの暖房がつきっぱなしだったんです。そのせいで、通常の状態に比べて死亡推定時刻が絞り込みにくくなっちゃったんですよ」

「でも、明らかな他殺体があると言ったよな。そいつは犯人じゃないとして、他殺かどうか判別しにくい死体がいくつもあるのか」

「ふたつ、ですね。事故か自殺か、判然としません」

「じゃあ、そいつらのうちのどっちかが犯人でいいじゃないか」

先輩は名探偵の割に大雑把《おおざっぱ》な性格である。

「どっちかじゃ困るんですよ。被疑者死亡とはいえ、ちゃんと特定して書類送検しないと」

「お前らの得意な地道な鑑識作業とかで、どっちが後に死んだかくらい特定できるんじゃないのか」

「もしかしたらできるかもしれません。でも、一番最後に死亡した死体が特定できたとしても、それが誰だかわからないんですよ」

「どういうことだ」

「五人の身許を特定する物は、すべて処分されていたんです」

「つまり、名無しの権兵衛が五人死んでたってわけか」

「そういうことになりますね。犯人は自分以外の四人を殺し、身許を隠すために手がかりを全部処分したのでしょう」

「貸別荘を予約した人は？　そいつくらいは身許を特定できるんじゃないか」

吉祥院先輩は質問を続ける。ぼくは頷いた。

「もちろん、我々だってその程度のことは調べました。でも、予約は偽名で入っていたんです」

「偽名？　ってことは、予約をした奴が犯人か」

「その可能性が高いでしょうね」

「つまり計画殺人だったわけだな。犯人は自分以外の四人を殺すつもりで貸別荘を予約し、見事目的を遂げた後に、事故だか自殺だかで死んだ。そういうことだろ」

「捜査本部の見解は、そうですね」

「待てよ。念のため確認するけど、その貸別荘には本当に五人しか泊まってなかったのか。実はもうひとりいたとか、卑怯《ひきょう》な話じゃないだろうな」

「誰に対して卑怯なんですか。いや、おそらく間違いないですよ。何しろその貸別荘に続く一本道が閉ざされていたわけですから、仮に犯人が別にいたとしても、逃げ出せなかったはずです。予約も五名で入っていましたしね。それにもうひとつ、滞在人数は五人と断定するための傍証があるんですよ」

「ほう、そいつはなんだ」

「実はですね」

そう応じて一拍おいたぼくは、少し口許がにやけるのを自覚していた。これを見せたら先輩がどんな顔をするか、楽しみで仕方なかったのだ。

「五人の中のひとりが、事件の一部始終を書いた手記を残していたんですよ」

「なんだ、また手記かよ。お前の持ってくる事件はそんなのばっかりだな」

こちらの期待を見事にはぐらかして、先輩は呆《あき》れたように言うだけだった。そんなのばっかり、なんて言ったって、よくある痴情の縺《もつ》れの殺人なんかじゃ満足しないくせに。まったく勝手な人である。

「先輩はこういう事件が好きかなぁと思って、気を利かせて持ってきたんですけどね。別に興味がないならいいですよ。今から捜査本部に戻って、先輩の嫌いな地道な捜査を続けます」

「まあああ桂島ちゃん。短気はいけないよ、短気は。警察官というのはな、粘りと根気が必要なんだ。それがないからお前はいつまで経っても半人前なんだよ」

民間人にそんな偉そうなことを言われたくなかったが、内容はもっともである。それに、あまのじゃくな性格の先輩は、帰る振りをすれば食いついてくるとこちらもわかっているのだ。案の定、口では素っ気ないことを言いながらも、視線はぼくのブリーフケースに向いている。早く手記を読みたくて仕方ないに違いない。

「読んでみます？　でも、お忙しい先輩の手を煩わせちゃ申し訳ないなぁ。やっぱり出直しましょうかね」

「何を言うんだ桂島。かわいい後輩が困っているのに知らん顔できるオレじゃないのは、お前もよくわかってるだろう。さ、さ、見せてみろって」

＊

ここに泊まって今日で三日目。たった三日しか経っていないのに、私たちの仲間はふたりも減った。信じられない。もう動かなくなったふたりをこの目ではっきり見ても未《いま》だに納得できなくて、頭が混乱している。こんなことが起きるなんて、来る前にはぜんぜん想像もしなかった。信じられないと何度でも書きたい。

こうしてひとりで部屋の中にいると、怖くて仕方がない。でもろくに眠れないし、本を読む気にもなれない。困り果てた挙げ句に、私はこうして手記を書くことにした。少なくとも手記を書いている間は、何もすることがなくて気が狂いそうになるなんてことはない。恐怖に押し潰《つぶ》されずに、なんとか呼吸をすることができる。だから私は、ここに来たときのことから書き残しておこうと思う。

この時期に合宿をするのは、毎年恒例のことだ。私たちの劇団は団結や呼吸の一致が武器だから、年に一度くらいは一緒に寝起きをして互いの癖を理解しておくことが必要なのである。去年もおととしもやって、何事もなかった合宿だった。だから今年も、私は緊張もいやな予感もなく、これまでどおりにここにやってきた。

全員貧乏で自家用車など持っている人はいないから、この貸別荘のそばまではバスで来た。そこから徒歩で、たっぷり一時間は歩いたろうか。なんでこんな遠くまでとみんなが文句を言ったけど、もちろん安い貸別荘を借りるためには交通の便を犠牲にしなければならなかったことはわかっている。この人数で二泊して九千円の貸別荘なんて、なかなかあるものじゃない。

私と美穂《みほ》は荷物が多かったので、長い距離を歩くのが辛かった。緩い上り坂を二十分も歩くと、もう顎《あご》が上がってしまう。美穂が「休憩しようよ」と訴えたが、男たちは冷たかった。

「なんだか天気が怪しいから、早く貸別荘まで行っちゃおうぜ。歩いてる途中で降られたら最悪だ」

先頭を歩いていた恭平《きょうへい》が、振り向いて言った。空を見上げると、確かにどす黒い雲が厚く垂れ込めている。天気予報では、今日の夜から雨とのことだった。それでも観光目的ではなく、あくまで稽古《けいこ》のためだからと、予定どおりにやってきたのだ。

恭平の言うことは正しいとわかっていても、これからまだまだ歩かなければならないとなるとため息が出る。立ち止まってひと息つき、肩にかけたバッグを背負い直そうとしたときに、後ろから肩を叩かれた。

「荷物、ひとつ持ってやるよ」

浩介《こうすけ》だった。浩介は相手が女であれ男であれ、誰に対しても優しい。私は両手が塞がっていたので、荷物を地面に置いてからお礼を言った。

「ありがとう。でもそれじゃあ浩介も大変でしょ」

「おれは荷物少ないし。それに、女の荷物の大半は服だろ。服くらい、持ってやれるよ」

私たちのやり取りに気づかず、残りの三人は前を歩いている。浩介は慎司《しんじ》を呼び止め、「美穂を助けてやれよ」と言った。

「わかった」

慎司は頷いて、美穂のバッグをひとつ受け取る。美穂は「ありがとう」と嬉しそうに手を動かした。恭平はそんな様子を確認してから、また歩き出す。

恭平は冷たいわけではないけれど、合理主義者だ。自分も同じように私たちのうちのどちらかの荷物を持ったら、それは不公平になる。かといって女ふたりの荷物をいっぺんに持つわけにはいかない。だから自分は手伝わずにおく。そんな考え方をする人なのだ。恭平のことをドライな人間だと思う人もいるけど、私は特に嫌いじゃない。

対して慎司は、人はいいんだけど気が利かない。今のように浩介に言われればいやがらずに手伝ってくれるものの、慎司が自分から気づくことは絶対にない。男三人の性格が今のひと幕に見事に出ていて、私はそれが面白かった。

結局、最後まで歩き通すことなどはとてもできず、一度休憩を挟んだ。男性陣もへばっていたらしく、地べたにそのまま坐って脚を投げ出す。美穂も同じように坐り込んで、靴まで脱いだ。

「しんどい！　あたしもう駄目。ここで野宿する」

美穂の大袈裟《おおげさ》な身振りは、言葉とは反対にまだ元気がありそうにも見えた。美穂はどんなときでも陽気に振る舞うことができる。きっと本当に辛いのだろうけど、それを冗談っぽく言うのは一種の気遣いだ。私や美穂が音《ね》を上げては、男三人はただ困るだけだから。

「野宿ね。誰にも襲われる心配はないから、それもいいんじゃない」

慎司がにやにやしながら応じた。その反応に美穂は、口を尖《とが》らせる。

「なんだと？　世の中の男はお前らみたいに見る目がないもんばっかりじゃないんだぞ」

「冬のこんな時期は通りかかる人もいないって意味だよ。勘違いしないでくれ」

「熊も冬眠してるだろうしね」

恭平が合いの手を入れる。美穂はそれでも機嫌を直さず、「慎司の言葉はいつも何かを含んでそうなんだよなぁ」と続けた。ふぐのように頰を膨らませた美穂を見て、全員で笑う。美穂はあたしたちのムードメーカーだ。

十分ほど休憩して、甘いものをお腹に入れると、なんとかまた歩き出せる元気が湧いてきた。お互いに励まし合いながら貸別荘に到着したときは、万歳をしたくなるほど嬉しかった。

値段からあまり期待はしていなかったが、貸別荘はそれほど悪くなかった。築年数は古そうだけど、少なくとも隙間《すきま》風が吹き込むほどボロいわけではない。三日間を仲間たちで好きなように過ごすには、いくらうるさくしても周囲に迷惑がかからないだけ、なかなかよさそうに思えた。二日後には五人でここから帰るものと、その時点の私は頭から思い込んでいた。

中に入ってすぐに大きなホールがあり、そこが練習場に使えそうだった。ホールから二階へと階段が続いていて、手摺《てす》りがあるだけの開放廊下に繫がっている。見える範囲では、上に部屋が三つ、下にも三つという配置のようだ。私たちは五人だから、ひとりひと部屋使える。男三人が二階に、そして私と美穂は一階の部屋を使うことにした。

夕方まで休んでから、食事前に軽く打ち合わせをした。公演は二ヵ月後だけど、二ヵ月なんてのんびりしてたらあっという間だ。詰めるべき部分は今のうちに詰めて、余裕を持って初日を迎えたい。私たちは恭平が書いた台本を突き合わせて、ああでもないこうでもないと意見を闘わせた。

夕食は、買い込んできた缶詰を開けて済ませた。主食はお米ではなく、お酒だ。最初に二リットル樽《だる》のビールを、それが空いた後は焼酎を飲んだ。私たちは全員いける口なので、大いに盛り上がった。

と書きたいところだったが、その日の宴会はいつもと少し違ってぎこちない雰囲気もあった。去年までは一緒にお酒を飲んでいた人がいなかったからだ。沙希《さき》が事故で亡くなってから半年以上経つので、直後のショックはみんなの顔から消えたようだけど、こうして合宿をしてみると何かが足りないという思いがどうしても拭《ぬぐ》えない。言葉にはしなくても、全員が大なり小なりそう感じているような気がした。

沙希は目立たない子だった。背が低く、特別にかわいいわけでも美穂のように明るいわけでもなく、いるかいないかわからないくらいだった。おまけにいろいろな面で呑み込みが悪くて、私たちの劇団のお荷物ちゃんといった存在でもあった。そんな沙希でも――というより、そんな沙希だからこそ、なのだろうか――いなくなると大きな欠落感がある。沙希の不在によって私たちが味わっている感情は、〝罪悪感〟と表現するのがぴったりするようにも思えた。

そう、私たちは沙希の存在をお荷物のように感じていた。だからこそ、実際にいなくなられると後ろめたいのだ。沙希に足を引っ張られた公演は一度や二度ではない。そのたびに私たち五人は、「沙希がいなければ」と頭の片隅で思ってしまったはずだ。そして実際に沙希がこの世界からさよならしてしまうと、ちらりとでも彼女が消えることを望んだ自分がひどい人間に思えてくる。沙希は生きていたときよりも、死んだ今の方がずっと私たちに大きな存在感を示していた。

中でも恭平が、一番強く罪悪感を覚えているように私には見えた。というのも、歯に衣《きぬ》着せない恭平はかなりナチュラルに沙希に接していたからだ。私たちが内心で「うーん」と思っているときも、恭平は特に構えることなくそのまま言ってしまう。注意された沙希は落ち込み、いつも陰気なオーラを発していた。

「おれ、飲みすぎたかも」

恭平は真っ赤な顔をしていた。その言葉を潮に、私たちは寝ることにした。

体を揺すられて、目が覚めた。目の前に慎司の顔がある。びっくりして、思わず突き飛ばした。いくら親しい仲とはいえ、寝ているところに入ってこられては腹が立った。部屋に鍵がかからないのを悪用された気分だった。

「待て。変な意味じゃないんだ。大変なことが起きたんだよ」

慎司は両手で空気を押さえるようにしてから、左右に開いた。私はそんな様子を見て、ようやく冷静さを取り戻した。

「大変なこと？　何？」

尋ねると、慎司は部屋の外を指差して言った。

「恭平が二階から落ちたんだ。息をしてない」

「！」

私は目を見開いた。慎司の説明が頭に染み透《とお》るまで時間がかかり、しばし呆然《ぼうぜん》としてしまう。でもこのままベッドに坐り込んでいても仕方ないので、ともかく部屋を出てみることにした。

「待て。いきなり見たらショックを受けるかもしれない。心の準備はいいのか」

肩を後ろから摑《つか》まれて、慎司にそう言われた。確かに、闇雲に飛び出したら心が耐えられないかもしれない。私は一度深呼吸をして、覚悟を固めてからドアの外に出た。

前方五メートルほどのところに、恭平が寝ていた。暗いのではっきりとは見えないが、黒い染みのようなものが体の下に広がっている。あれは血なのだろうか。

恭平の横には、浩介が立っていた。浩介は私と目を合わせると、力なく首を振った。恭平はもう駄目だという意味だろう。私は体から力が抜けて、その場に坐り込んだ。

慎司に呼ばれて部屋から出てきた美穂も、同じように衝撃を受けているようだった。でも私と違って坐り込まず、よろよろと恭平の傍らまで進む。パジャマが汚れるかもなんてことを考える余裕もない様子で跪《ひざまず》き、恭平の頬に手を当てた。

「二階の廊下から落ちたようだ。ずいぶん酔っていたからな」

浩介が沈鬱《ちんうつ》な表情で言った。言われてようやく、恭平の首が気味悪い角度で曲がっていることに気づいた。頭から落ちて、首の骨を折ってしまったのだろう。その首の曲がり具合だけで、恭平が生きているかどうかは一目瞭然だった。

恭平の頬は冷たかったのかもしれない。美穂は怯《おび》えたように手を引っ込めると、また両手で口を覆って後ずさった。目の前にある現実を拒否するように、首を小刻みに振っている。私もこんなことはすべて嘘だと思いたかった。

「もう手遅れでも、救急車を呼ぶ必要があるよな」

浩介は慎司を見た。慎司は頷いて、ホールの隅にある電話機に向かう。でも、受話器を取り上げたその様子は何か変だった。首を傾《かし》げて、何度もフックを押している。

「繋がらない」

慎司は振り向いて、首を大きく振った。私はとっさに窓の外を見た。気づかなかったけど、外は土砂降りだった。

「この豪雨で、電話線が切れたのかな」

浩介も外を見て言った。私は立ち上がって窓のそばに寄り、ガラスに顔をくっつけるようにして目を凝らした。予想したよりも遥《はるか》に雨脚が強い。まるで台風が来たようだ。

「携帯は圏外だったしな」

慎司は肩を落としていた。浩介は顔を歪《ゆが》める。

「じゃあ、朝になるのを待って、携帯が繋がるところまで下りないと駄目か」

「そうするしかないだろう」

「なら、それまで恭平はこのままにしておくの？　せめて、ベッドに寝かせてあげない？」

美穂が男ふたりに訴えた。浩介と慎司は顔を見合わせたけど、その意見ももっともだと思ったのか、何も言わずに恭平に近寄る。浩介が恭平の腕を、慎司が脚を持って、使っていない一階の部屋に運び込んだ。私は恭平の顔を直視することができず、何も手伝えなかった。

せめてこれくらいはと思い、ホールの照明を点《つ》けた。すると生々しい血痕がはっきりと目に入ってきて、私は後悔した。それでも暗い中にいるよりはましだ。私は血痕から目を背け、美穂と頷き合って自分たちの部屋に戻った。ともかく、いつまでもパジャマ姿でいるわけにはいかない。

朝まで、四人でソファに坐っていた。誰も何も言わない。ショックで頭が痺《しび》れるような感じがあり、何も言葉が浮かばないのだ。沙希に続いて恭平までもが事故死したことに、不吉な暗合を感じ取ってもいた。

黙っていると、恭平のことばかりが思い出された。恭平は物事を割り切って考えるから冷たい人間だと思われがちだけど、本当はそうではなかった。頭がいいので合理的な考え方をするものの、冷たくはない。浩介みたいにわかりやすい優しさを周囲に示さないだけで、一緒にいて不愉快な人ではなかった。むしろ、私たちの劇団は恭平がリーダーシップを取っていたからこそまとまっていたと私は思う。厳しい中にも優しさを忘れない、恭平は真のリーダーだった。

そんなことを考えていたら、涙が出てきてしまった。顔を見られるのがいやなので、ホールの隅に行って窓に向き合って泣く。美穂も泣きたくなったのか隣にやってきて、私の肩におでこをつけて泣いた。もう私たちの劇団も終わりだなと、泣きながら考えた。

時計が狂っているのではないかと思えるほど、時間が経つのが遅かった。それどころか、七時になっても外はぜんぜん明るくならない。むしろ雨脚は強くなる一方だ。これでは外に携帯電話をかけに行くのも大変だった。

「雨は弱くなりそうにないから、行こう」

七時半になった時点で、浩介が立ち上がった。慎司も覚悟を決めた様子で頷く。私たち女ふたりが留守番で、男たちを送り出した。

三十分ほどして、ずぶ濡《ぬ》れのふたりが帰ってきた。私たちを見て、首を振る。

「崖《がけ》崩れで、道が塞がっていた」

道を塞いだ土砂は、とても乗り越えられそうにないという。ふたりはそこで携帯電話を確認してみたが、まだ圏外だったそうだ。

「ということは、この大雨がやんで救援隊が来るまで、あたしたちはここに閉じ込められたままというわけなのね」

美穂が諦《あきら》めたように確認した。幸い、食パンやレトルトパックを大量に買い込んであるので、滞在が数日延びても大丈夫だった。

ずぶ濡れになったふたりがシャワーを浴びている間に、私と美穂で食事の用意をした。人心地ついた男たちと、四人でぼそぼそとパンを食べる。

「テレビ、点くかな」

美穂が沈黙に耐えかねたように、リモコンを手に取った。テレビは画像が乱れがちだったが、かろうじて映る。でも、私たちの役に立つ番組はやっていなかった。仕方ないので、NHKを点けっぱなしにしておいた。

芝居の稽古をする気にはなれず、かといってトランプをして遊ぶわけにもいかず、私たちは手持ち無沙汰だった。それでもみんな、自分の部屋に引き籠《こも》ることなくホールに居座り続けている。ひとりになるのが怖いのかもしれない。少なくとも私はそうだった。

自分の部屋から本を持ってきて、読むことにした。慎司はiPodで音楽を聴いている。私は集中しようとしたけど、目が活字の上を滑るだけだった。こんなとき、自分の世界に没入できる慎司が羨ましい。

浩介は何度も携帯電話を確認していた。時刻を見ているのか、それとも何かの拍子でアンテナが立たないかと期待しているのか。美穂は自分の部屋に出たり入ったりしている。落ち着かないのだろう。たまたまヘッドホンを外していた慎司が、なんの気なしにという調子で言った。

「そこのドア、すごい軋《きし》み音がするな。ボロロッジだ」

慎司の言葉に、美穂は肩を竦めるだけで応えた。

夕食の準備を始めてからは、気が紛れた。食事を摂《と》り、後片づけをして、風呂に入った。恭平の死を忘れたわけではないが、頭の片隅に追いやることはできた。

寝るときになって、美穂がひとつ要望を出した。ホールの照明を点けたまま寝たいと言うのだ。ホールが暗かったから、恭平は事故を起こしてしまった。照明を消したくないという美穂の気持ちはもっともなので、それは受け入れられた。

部屋に籠ってからも簡単には寝られなかったが、三時過ぎには眠ることができたようだ。目覚めたのが七時過ぎ。いつもだったらとうてい起きない時刻だけど、やはり精神状態が普通じゃないのだろう。もう一度寝る気にはなれなかったので、起き出すことにした。

着替えて、部屋を出た。なぜか、ドアを昨夜までより軽く感じた。そのことを少し不思議に思いつつも、洗面所に行って顔を洗う。朝食の準備をしていると、浩介と慎司がホールに下りてきた。私は美穂を起こそうと、彼女の部屋に入った。

ドアを開けて、自分の目を疑った。美穂の掛け布団の上に、包丁の柄のような物が見えたからだ。驚いて駆け寄り、それが見間違いでないことを知った。包丁は深く突き刺さり、根元には血が滲《にじ》んでいた。

美穂の顔は布団で覆われていた。私はためらわず剝《は》ぎ取り、そして目を見開いたままの美穂と対面した。その目は虚空を睨《にら》んで、瞬《まばた》きをしない。私は強い衝撃に何も考えられなくなり、よろよろとホールに出た。

美穂の部屋を指差すだけで精一杯だった。浩介と慎司は異変に気づき、部屋に駆け込む。私はソファにへたり込んで、自分を打ちのめす衝撃と必死に闘い続けた。

その後のことは、正確には憶えていない。気づいてみれば、男ふたりが状況を整理していた。確か、こんなことを言っていたと思う。

「あれは間違いなく殺人だよ。自殺なんかじゃない」

　これは慎司だったか。浩介がそれに答える。

「だとしたら、殺したのはおれたち三人のうちの誰かってことになるな。この貸別荘のドアや窓は、全部内側から鍵がかかってたんだから」

「凶器は、ここに備えつけの包丁だよ。一本足りない」

「こうなると、恭平も本当に事故死だったのか、怪しくなるな」

　そのやり取りは、死んだ美穂を目《ま》の当たりにしたときに匹敵するほどショックだった。私たちの誰かが美穂を殺した？　そんな、信じられない！

「いったい誰がよ？　それに、どうして？」

　私は思わず言葉を挟んだ。ふたりは沈鬱な表情で、私に目を向ける。

「少なくとも、おれではない」

「おれだってそうさ」

　慎司と浩介は、ふたり揃って自分の無実を主張した。もちろん私だって違う。じゃあ、誰？

「犯人は合い鍵を持ってたんじゃないの？　合い鍵を使って出入りしたんだよ」

考えられる限り最も受け入れやすい仮説を、私は言ってみた。だがそれはすぐに浩介に却下される。

「この大雨の中、そいつはどこに潜んでるんだよ。周りを囲む林の中か？」

「洞穴でもあるのかも」

「外から誰かが入ってきたら、濡れた跡が残る。でも、そんなものはなかった」

ではやはり、犯人は私たちの中の誰かなのか。慎司と浩介、どちらかが美穂を、それだけでなく恭平までも殺したのだろうか。

「なんのために？　どうして美穂と恭平が殺されなきゃならないの」

私はふたりに尋ねたつもりはなく、胸の疑問をそのまま表したつもりだった。でも律《りち》儀《ぎ》に慎司が答えてくれる。

「沙希の件かも。おれたちは全員、沙希の事故死に責任があるからな」

「沙希の？」

慎司の指摘は、私の背筋を寒くさせた。

確かに慎司の言うとおり、私たちは沙希の死に間接的に責任がある。沙希は私たちに頼まれた飲み物を買いに行く途中で、工事現場から落下してきた鉄骨の下敷きになって死んだからだ。

あの日のことは忘れられない。真夏の、生きていくのがいやになるくらい暑い日のことだった。私たちは公民館の一室を借りて稽古をしていたのだけど、なぜかその部屋はあまりクーラーが効かなかった。古い公民館だから、クーラーの寿命が尽きかけていたのかもしれない。汗だくになった私たちは、休憩をとることにした。そのとき、恭平が言ったのだ。

「沙希、飲み物買ってきてくれない？」

悪気のない言葉だった。暑い外に全員で出ていく必要はないし、沙希は私たちの中で最年少だった。買い物を頼まれるのは当然とも言えたけど、他意がまったくなかったと言えば嘘になる。沙希はお荷物ちゃんなんだから、それくらいの役に立ってくれなくちゃ困る。私たち全員に、そんな思いがなかったとは言い切れない。

あたしも、おれも、とみんなが買い物を頼んだ。沙希はいやな顔をせず、さりとて進んでみんなの役に立ちたいという素振りでもなく、ただ陰気な態度で金を預かり、外に出ていった。そして帰ってこなかった。

「あたしたちが沙希の死に責任があるから、だから殺されてるって言うの？」

私は慎司の真意を理解しつつ、それでも反駁《はんばく》せずにはいられなかった。私たちの中に殺人犯がいるなら、その人だって沙希の死には同じように責任があるはずなのだ。私たちは裁く側と裁かれる側に別れることなどできない。

「全員死ぬことが、沙希の死に対する責任の取り方だと、犯人は考えているのかもしれない」

そう言ったのは浩介だった。私は言い返したかったけど、あえて何も言わなかった。なぜそこまでしなければならないのかというのが私の思いだったが、それを言ってはいたずらに犯人を刺激するだけだと考えたからだ。

犯人は私ではなく、外部犯でもない。だとしたら、どんなに受け入れがたくても、目の前にいるふたりのうちのどちらかが人殺しなのだ。これまで私たちは、強い信頼で団結していたはずだった。それなのに今、私は慎司も浩介も信じることができない。次に殺されるのは自分かもしれないという恐怖が、ふたりに疑いの眼差《まなざ》しを向けさせる。そんな状況が、自分の心が、いやで仕方なかった。

「ねえ、どちらかが犯人なんでしょ。だったら、正直に言って。沙希のためなの？　沙希に詫《わ》びるために、私たちは死ぬべきだと思ってるの？」

私はふたりを交互に見て、尋ねた。慎司も浩介も、見たことがないほど表情のない顔をしている。答えたのは浩介だった。

「おれからすれば、お前だって怪しいんだぜ。自分は違うということを前提にして、ものを言うなよ」

浩介の言葉は、私の胸を抉《えぐ》った。

気まずい雰囲気になって、もう言葉も交わせなかった。慎司はテレビを点けて、気象情報に見入る。浩介は考え事をしているのか、窓の外にずっと視線を向けていた。私はキッチンに立ち、全員の分のインスタントコーヒーを淹れた。毒でも入れてないかと疑われるんじゃないかと思ったけど、ふたりともそんなことを気にせずに口をつけてくれたのが嬉しかった。もっとも、ふたりのうちのどちらかは、私が毒を入れるわけないとわかってて飲んでるのだろうけど。

コーヒーを飲み終えると、いよいよすることがなくなった。私も浩介の視線の先を追って、窓の外に目を向ける。相変わらず雨は、視界を白く覆うほど激しい。本来なら今日帰る予定だったが、これでは無理そうだった。

「天気、どうなるって言ってる？」

テレビを見ている慎司に、浩介が尋ねた。慎司は肩を竦めて、「雨は当分やまないってよ」と答える。当分とはどれくらいなのかと私は疑問に思ったけど、それを慎司に訊いても仕方ないと諦めた。たとえ雨がやんだとしても、道が通れるようにならなければ帰れないのだ。

私たち三人は、忘れた頃にぽつりぽつりとやり取りをするだけで、とても会話を楽しめる状況ではなかった。それでも誰も自分の部屋に帰らないのは、互いに互いを疑う疑心暗鬼の状態だからかもしれない。夕食を待ち遠しく感じたのは、昨日以上だった。

夕食の準備に取りかかろうとすると、浩介が手伝ってくれた。慎司も手を出したそうだったけど、キッチンが広くないのでふたりで充分だ。私たちはお湯を沸かし、レトルトパックを温めた。

「さっきはごめんな」

浩介は私の肩をつついて、そう言った。「お前だって怪しい」という発言を謝っているのだろう。でも、疑っているのはこちらも同じだ。私は首を振って、「お互い様だよ」と言った。

毎日缶詰とレトルトパックでは味気ないので、少し手を加えることにした。シンクの下を覗《のぞ》くと、サラダ油や調味料が揃っている。私はカレーチャーハンを作ってみた。昨日もカレーライスだったので、チャーハンは好評だった。

順番にお風呂に入り、零時を過ぎた時点で解散することにした。バラバラになるのは怖いけど、三人で寝るのには抵抗がある。私は男ふたりが二階の部屋に消えるのを見守ってから、自分の部屋のドアを開けた。

そのとき、今朝感じた違和感を思い出した。ドアが軽いと感じたのだ。反射的に、キッチンで見た物を連想する。部屋に入らずにドアを閉め、蝶番の部分を確かめた。

やはりそうだった。蝶番は奇妙なほど照り映えている。指で触れると、とろりとした感触の液体がついた。

サラダ油だ。蝶番にはサラダ油が塗られていた。だからドアの開閉が軽く感じられたのだ。

でも、なぜ？　なぜ私の部屋のドアにサラダ油が塗られているのか。

すぐに、美穂の部屋の蝶番も確認した。やはりサラダ油が塗られている。その事実に、私は戸惑った。犯人の意図が見えたように思ったからだ。

部屋に入り直して、改めて頭を整理した。美穂の部屋のドアは、すごい軋み音を立てていた。だから犯人は、夜中に侵入する際に音を殺すために、蝶番にサラダ油を塗ったのだ。そうとしか考えられない。

だとしたら、なぜ私の部屋にまで？　その答えはひとつ。犯人は美穂だけでなく、私も同時に殺そうとしたのだ。

背筋が寒くなった。今にも犯人が部屋に押し入ってくるような気がして、じっとしていられない。ドアを塞げるものなら塞ぎたかったが、あいにくここは外開きだ。ドアの内側に物を置いても、意味はなかった。

犯人が私を殺さなかったのは、おそらくその時刻に私が起きていたからだ。私は昨夜、寝つかれずにいた。どうしても目が冴《さ》えてしまっていたので、心を落ち着かせるためにヨガをした。ほんの聞きかじり程度の知識だが、私は美容のためにヨガをやっている。昨日に限らず、眠れないときはいつもヨガをするのだ。

ヨガではプラーナヤーマと呼ばれる呼吸法が大事だ。仰向けになって深く息を吸い、大きく吐き出す。私がフーハーフーハー呼吸を繰り返しているときに、隣の部屋では美穂が殺されていたのだ。改めて、自分が危険な状況に置かれていることを痛感した。

蝶番にサラダ油が塗ってあった事実は、犯人が誰かを明確に示唆しているように思われた。だがよくよく考えてみれば、必ずしもそうとは言えないことに気づいた。濡れ衣を着せるために、犯人がわざとそうした可能性もあるからだ。

考えれば考えるほど、思考は袋小路に入っていく。疑い出せば切りがない。ひとつだけ言えるのは、寝てしまえば犯人にチャンスを与えるということだ。寝るのは即、私の死を意味するし、そもそもそれ以前にこんな精神状態ではとても寝られない。

そこで私は、ここに来てからのことを文章にしてみたのだ。文章にすることで頭が整理され、慎司と浩介のどちらが犯人なのかはっきりするかもしれないという期待もあった。だが実際にこうして今夜までの出来事を書いてみても、結局犯人は明らかにならない。私はどちらを頼るべきかもわからず、ひとり不安を抱えて寝られない夜を過ごしている。

私は明日の朝を無事に迎えられるのだろうか……。

＊

「ふうん」

プリントアウトした紙の束を投げ出した吉祥院先輩は、鼻から息を抜くような、なんとも脱力する声を発した。まさか、もうすべてわかってしまったとでも言うのだろうか。

「どうでした、先輩？」

恐る恐るお伺いを立ててみる。先輩は行儀悪くテーブルの上に脚を投げ出すと、ぼくの方をやる気なさそうに見た。

「ひとつ確認したいことがある。手記の書き手が嘘をついていないという保証はあるのか」

当然、それは確認してくると思っていた。ぼくはすぐさま答える。

「この手記は、貸別荘に持ち込まれていたノートパソコンの中に残っていたんです。ノートパソコンのキーや筐体《きょうたい》からはひとり分の指紋しか検出されず、それは明らかな他殺体のものと一致しました。ついでに言うなら、女性の死体です」

「女性が旅行先にまでノートパソコンを持ってきてたって言うのかよ。そんな女、いるか？　ずいぶん不自然な状況だな」

「それは先輩、偏見というものですよ。世の中にはノートパソコンを持ち歩く女性もいるでしょ。執筆者はどうやら、芝居の台本を書く趣味もあったみたいですよ。書きかけの草稿も、ノートパソコンの中には残っていましたから」

「わかったわかった。指紋の付き方も不自然じゃなかったんだろ。つまり、手記の執筆者は女性。その女性は明らかに誰かに殺されたようだから、犯人ではない。犯人でないなら、嘘をつく必要はない。という結論だな」

「そう判断しています」

ぼくの答えに、吉祥院先輩は頷いた。

「まあ、じゃあそういうことにしておこうか。外部からの侵入者もいない。となると、あくまで五人の中のひとりが犯人ということだ」

「五人、ではなく、浩介と慎司のどちらか、ではないでしょうか」

ぼくは一応指摘してみた。先輩は面倒臭そうに眉を寄せる。

「待て待て、順番にいこうじゃないか。まず、手記の書き手は犯人ではないという大前提がある。つまり五人の中に犯人がいるのではなく、残り四人の誰かが犯人となる」

「手記の中で被害者として描かれている、恭平と美穂も容疑者候補なんですか」

「死んだ振りをしていて、実は生きていたというトリックも考えられる」

「でも、この手記で書かれている状況が本当なら、ちょっとごまかしようがない気もしますけど」

「まあな。ということは、残った浩介と慎司のどちらかが犯人となるわけか」

だからぼくがそう言ったじゃないか。どうして人の言葉は聞かず、こうも回りくどいことを言うかな。

「発見時の貸別荘の様子を説明しますと、包丁で刺殺されている女性の死体がひとつ、これは美穂ですね。それからもうひとりの女性は、頭を鈍器で殴られていました。これが手記の執筆者でしょう。ここまでは問題ありません」

「ふんふん、それで」

やはり先輩の相槌《あいづち》は、さほど興味がなさそうに聞こえる。ぼくは不安になってきた。

「男性のひとりが、美穂と同じく包丁で刺されていました。ですが心臓をひと突きではなく、腕にいくつも傷があり、これらは犯人と格闘した痕跡と思われます。おそらくこの人物が、浩介と慎司のどちらかではないでしょうか」

「なるほどね」

吉祥院先輩はかったるそうに、首を倒して筋を伸ばしている。本当にぼくの説明を聞いているのだろうか。

「残るふたりの男性は、両方とも転落死です。どちらか一方が恭平で、もう一方が自殺か事故死した犯人でしょう」

「そういうことだろうなぁ」

まるで右耳から左耳に聞き流しているような態度である。死体の状況はどうでもいいと思っているみたいだ。

「先輩。こういう説明は必要ないですか？」

相手が聞いていないのに話を続けるのは空しいので、たまらずに確認してみた。先輩は虚を衝《つ》かれたような顔をして、「えっ？」と声を上げる。

「いやいや、必要だよ。はい、続けて続けて」

先輩はまるで蝿《はえ》でも追い払うかのように、「ほれほれ」と手を振る。先輩の態度がでかいのは今に始まったことじゃないけど、なぜか今日はひときわ偉そうだ。ますます不安な予感が膨らむ。

「死体発見は今日のことです。二次災害の恐れがあったので、土砂の撤去が今日になるまでできなかったそうですよ。で、ようやく道が開通してみたら、暖房のせいで早くも腐りかけていた死体が五つも見つかったというわけです」

「全員の年格好は？　学生か？」

「いえ、推定ですが二十代半ばから後半と思われるので、全員社会人でしょう」

「それなのに、身許が判明しないのか。会社を無断欠勤していたら、騒ぎになるだろうに」

「そりゃあ騒ぎになるでしょうね。でも、それがすぐに警視庁に伝わるとは限りませんよ。失踪者なんて、年間に何万人といるんだから」

「ニュースでも見てみるか。テレビで報道されれば、あれはうちの息子じゃないかとか、無断で休んでるあいつじゃないかとか、気づく人が出てくるよな」

そう言って先輩は、大画面のプラズマテレビのリモコンに手を伸ばす。ぼくは時刻に注意を向けさせた。

「今はニュース番組はやってないんじゃないですかね」

「じゃあ、インターネットで見てみるか。どんな情報を流してるのかな」

ふだんはぼくを顎でこき使うだけの先輩が、珍しく腰を上げようとする。ぼくは「まあまあ」と押しとどめた。

「情報なら、なんでもぼくに訊いてくださいよ。何もネットで調べなくたって、マスコミ報道よりもぼくの方がずっと詳しい情報を持ってますから」

「ま、そりゃそうか」

先輩はあっさり納得して、坐り直した。でも、何も質問してこない。仕方なく、ぼくの方から促した。

「で、他に何が知りたいんでしょう」

「別にないなぁ」

「ということは、まさか、犯人が誰かわかったんですか？」

「まさか、とはなんだ。まさかとは。こんな簡単な問題、オレ様がわからないわけないだろ」

先輩は心外そうに鼻を鳴らした。

「えっ、では誰が犯人ですか。慎司ですか、浩介ですか」

別に挑戦しているわけではなく、先輩の推理能力の凄《すご》さは重々承知しているのだが、それでもこうもあっさり言われるとなんとなく面白くない。当の先輩は、こちらの気持ちなどかけらも気にした様子もなく、ソファにふんぞり返った。

「オレ様に解けない謎なんてあるわけないだろ。たまにはお前も、もう少し歯応えのある事件を持ってきてみろよ」

「いえ、あの、先輩の能力を疑ってるわけじゃないんですけどね。この手記だけでわかったんですか」

「わかったよ。わかるように書いてあるじゃん」

「じゃあ、どっちが犯人なんでしょうか」

きっと先輩は真相を見抜いているのだろうと思いつつ、答えを催促してみる。でも名探偵を自任している先輩が、いきなり犯人の名前を口にするわけがないのだった。

「その前に、この手記の奇妙な点をいちいち指摘しておこうか。なんだかずいぶん苦労して書いてるようだからな、その努力をちゃんと受け止めてやらないと」

先輩が妙なことを言うのは毎度のことだが、さて、これはどういう意味なのだろう。不審に思うぼくを尻目に、先輩は手記を捲《めく》り始めた。

「順番にいこうか。まず冒頭の、貸別荘に向かうシーンだ。浩介は執筆者に話しかけるとき、肩を叩いている」

「それが何かおかしいでしょうか。親しい仲なら、それくらいするでしょ」

「そこだけじゃない。最初の死体が見つかったときに、部屋を出ようとしたところを慎司に肩を摑まれている。それから浩介とふたりで台所に立ったときも、やはり肩をつかれている。この団体は、まず肩を触らないと喋《しゃべ》れないようじゃないか」

「はあ」

今度はぼくが気の抜けた相槌を打つ番だった。なるほど、先輩はすべて見抜いているようだ。ならば全部指摘していただきましょう。

「次に不自然なのは、やはり最初の死体が見つかったときだ。なぜ執筆者は寝ていたんだ」

「そりゃ、眠かったんでしょ」

「二階から人が落ちたんだぜ。すごい音がしたはずだろ。なのに、揺り起こされるまで気づかなかった。それだけじゃない。寝ている女性を男が起こすのに、部屋の中に勝手に入って揺り動かすか？　いくら親しい仲とはいえ、あまりに不自然じゃないか」

「言われてみればそうですねぇ」

「執筆者に関する描写だけじゃない。貸別荘に向かうシーンに戻るが、美穂がしんどいと訴えるとき、〝大袈裟な身振り〟と書いてあるな。これもキーのひとつだ。それから死体発見時、執筆者と同じく美穂も、慎司に起こされて初めて部屋を出てきている。これらの意味することはなんだ」

「うーん、なんでしょう」

「答えは簡単。執筆者も美穂も、耳が聞こえないということだ」

先輩はさほど誇るでもなく、あっさりと言った。この程度の謎、わかるのが当たり前と言いたげだ。なんだかすごく悔しい。

「女ふたりだけじゃないぞ。浩介もそうだ。死体発見時、浩介は自分で電話をかけず、慎司にかけさせている。それから美穂の死体が発見された後に三人でホールにいるとき、そこでテレビが点いているにもかかわらず、天気はどうなるかと慎司に訊いていた。つまり浩介もまた、電話がかけられずテレビを見てもわからない、聴覚に障害がある人なんだよ」

「でも浩介は、携帯を持ってましたよ」

「今や携帯は、音声通話をするためだけのツールじゃないだろ。メール機能をメインに使っている人も多いんじゃないか。聴覚に障害がある人にとっては、むしろ携帯はなくてはならない物のはずだ。携帯のメール機能があって初めて、他者との連絡に不自由しなくなったんだろうからな」

さらにつけ加えるなら、と先輩は続けた。

「テレビを点けても私たちの役に立つ番組はやっていなかった、と書いてあるな。これはもちろん、文字放送をやってなかったという意味だ。天気予報は気象図を見るだけでもおおよそ見当がつくだろうが、細かい情報まではわからない。それから、慎司が音楽を聴いているのを羨ましく感じる場面もあっただろ。これも説明するまでもなく、自分は音楽を聴けないからだ。そうそう、ひとつ露骨なシーンもあったな。慎司が執筆者を起こすところだ。執筆者に向かって慎司は、両手で空気を押さえるような仕種《しぐさ》をしてから、その手を左右に開いているだろ。これは『落ち着け』という手話だ。この一点だけを取っても、彼らが手話で言葉を交わしているのだとわかる。細かいことを言うなら、『と言った』という表現はあるが、『口にした』とか『口を開いた』なんて言い回しは一度も使ってないな。つまり言葉を交わし合っていても、それを口にはしていないということだ」

「浩介が慎司を呼び止めるシーンがありましたよ」

「もちろん、彼らが手話だけで会話しているとは限らない。現在の聾《ろう》学校では、手話ではなく口話法――つまり相手の口の形から言葉を読み取り、聾者自身も音声言語を発するという会話方法だが――これを中心に教育している。聴覚障害者でも手話ができない人もいるくらいだ。だから浩介が声を発していても、別に不思議じゃない」

「はあ」

やはり先輩は博学だ。そんなことまで知っているとは。興が乗ってきたらしく、先輩の説明は止まらない。

「表現のことを言えば、まだあるぞ。この手記では『べたべた』とか『ぎっしり』などの、いわゆるオノマトペが使われていない。オノマトペは聴覚障害者にとってわかりにくい単語だからな」

「そうですね」

よくまあそこまで読み取っているものだと、ただ感心する。それでも一応、細部を確認してみた。

「じゃあ、恭平はどうなんですか」

「恭平については、この手記だけではわからないな。ただ、恭平は最初の被害者だから、耳が聞こえようと聞こえまいとどちらでもいい」

「慎司は耳が聞こえたということですね。でも、この団体は劇団なんですよ。それなのに聴覚障害者たちがいるんですか」

「お前、わかってて訊いてるだろ。もちろん聴覚障害者の劇団もある。手話劇というやつだな。芝居を演じながら、台詞《せりふ》はすべて手話で話すという演劇だ。たいていは聴覚障害者だけで演じるものだが、中に健聴者が加わっていても問題はないだろう」

どうやら前段階として確認すべきことはすべて洗い出したようだ。では、いよいよ犯人指摘をしていただきましょう。

「慎司以外の人が全員聴覚障害者だとしたら、それでどうなるんですか?」

「ここまでわかれば簡単だろ。美穂が殺されたとき、犯人はドアの軋み音を恐れて、蝶番にサラダ油を塗っている。つまり犯人は、健聴者の耳を気にしていたということだ。残っていた三人のうち、執筆者は犯人ではない。もちろん健聴者である慎司でもない。よって、残った浩介が犯人である。どうだ、この答えで不満はあるか」

聴覚の問題に気づいた先輩ならば、その結論には簡単に辿《たど》り着くだろう。それでもぼくは、注意を促した。

「たぶん執筆者も、その結論に達したんだと思うんですよ。でも、慎司が浩介に濡れ衣を着せるために油を塗ったのかもしれないと書いてますよね。確かにその可能性はあるんじゃないですか」

「その点に関しては、執筆者の部屋の蝶番にまでサラダ油を塗ってあったという事実がキーになる。犯人である浩介はなぜ、そんなことをしたのか」

「美穂だけでなく、執筆者も殺そうとしたからでしょ」

「もちろんそうだ。耳が聞こえない犯人は、美穂の部屋のドアが軋むことはわかっていた。でも、執筆者の部屋のドアは軋まないという保証はない。だから念のために、両方のドアに油を塗ったのだろう。だが犯人は、そんなことをする前に執筆者がまだ寝入っていないとわかったんじゃないか。といっても、部屋の明かりがドアの隙間から外に漏れて、それでわかったわけじゃない。なぜならその夜は、ホールの照明を点けっぱなしにしていたからだ。部屋の中で明かりが点いていても、外からはわからない」

「そうですね。じゃあやっぱり、ドアを開けてみなきゃわからないいんじゃないですか」

「いいや、わかるはずだね。というのも、執筆者はそのときヨガをしていたからだ。ヨガの呼吸はけっこう大きな音がする。ならばドアの外に立っただけで、中の人が寝ているかどうかわかったはずだ。健聴者ならね。それなのに蝶番に油を差し、ドアを開けてみなければ執筆者が起きていたことに気づかなかったのは、犯人が聴覚障害者だということを意味している。つまり慎司が浩介に濡れ衣を着せるためにやったことではないんだ」

「そう思わせるために、わざとやったのかもしれませんよ。犯人は実は慎司で、裏を読んだとか」

あえて難癖をつけてみたが、先輩はまるで動じなかった。

「おいおい、桂島。お前は事件当事者の視点とオレたち外部の視点をごっちゃにしているよ。手記の中で濡れ衣の可能性に言及しているから、そうではないことを一応説明してみたが、オレたちはそこまで考える必要はないんだ。執筆者にしてみれば、自分を含めた残り三人が全員死ぬなんて未来はわからないから、犯人の偽装工作を考慮するのは当然だ。でもオレたちはすでに、全員死亡している結果を知っている。仮に犯人が自殺ではなく事故死したのだとしても、自分ひとり生き残って警察の手から逃れられると考えていたわけじゃないだろう。やはりこれは、覚悟の行動と見るべきだ。ならば、一時逃れにそこまで複雑なことを考えて濡れ衣工作をする意味などないと結論していい。どうせみんな殺すんだからな」

「はあ、なるほど」

恐れ入るしかなかった。確かに先輩にとっては簡単すぎる問題だったようだ。でも気になるのは、さらにその先まで気づいているような先輩の口振りだ。ぼくは恐る恐る尋ねてみる。

「で、動機はなんでしょうね。やっぱり沙希という人物の死が関係しているのでしょうか」

「そんなこと、どうだっていいんじゃないか。動機はオレの方が訊きたいよ、桂島ちゃん」

先輩はそう言って、いやな笑いを口許に浮かべた。ぼくは尻の辺りが落ち着かなくなる。

「えっ、どういうことですか？」

無駄な足掻《あが》きと知りつつ、とぼけてみた。先輩は呆れた顔で身を乗り出す。

「もうわかってるんだよ、桂島。お前はオレが缶詰になってたと知ってて、こんなものを持ってきたんだろ。でもな、缶詰とはいってもテレビくらい見るし、ネットにも繋げる。オレは土砂崩れのニュースなんて聞かなかったぞ。それに、五人も死者が出てるんだから大事件だ。今日発見されたのなら、いくら無駄飯喰らいのお前とはいえ、捜査一課の刑事がそんなときにここで油を売ってるのは変じゃないか。今頃は捜査本部か現場でてんてこ舞いの頃じゃないのか」

「ははははは。不思議ですねぇ。どうしてぼくはここにいるんでしょう」

笑って頭を掻くしかなかった。笑ってる場合じゃないだろ、と先輩は冷ややかに言う。

「こんな事件は起きてないんだろ。この手記自体が全部創作なんだろうが。これは何かのテストか？　お前はオレ様の頭脳を試そうってのか」

「いえいえ、とんでもない」

「じゃあ、この手記を書いたのは誰だ？　お前なのか」

「はあ、まあ」

渋々認める。いや、最初からそれは告白するつもりだったのだけど、いざその局面がやってくるとかなり気まずかった。

「まさかお前、刑事を辞めて小説家になろうとでも考えてるんじゃないだろうな。オレ様のこのゴージャスかつエレガントでセレブな暮らしぶりを見て、羨ましくなったか」

先輩にかかっては何もかもお見通しだ。まさにそのとおりなのだが、イエスと答えるのはなんとも悔しい。それでも先輩は、ぼくの顔色からこちらの気持ちを読み取ってしまった。

「わははは。図星か。いや、桂島。お前の気持ちはわかるよ。確かにこの手記はそこそこうまく書けてるしな。お前に原稿用紙三枚以上の文章を書く能力があるとは知らなかったぜ。しかしねぇ、この程度の文章を小器用に書いたところで、小説家になるのなんて無理無理無理。なんなら、オレに五十年くらい弟子入りしてみるか？　そうしたら、死ぬまでに本の一冊くらい出せるかもしれないぞ」

先輩の弟子になったら、一生顎でこき使われるだけだ。ぼくは迷うことなく、死ぬまで刑事を続ける決心をした。

# カニバリズム小論

法月綸太郎

法月綸太郎
のりづき・りんたろう

一九六四年島根県生まれ。京都大学法学部卒。八八年に『密閉教室』でデビュー。ロジカルかつ大胆な着想で本格ミステリを生み出す。二〇〇二年、「都市伝説パズル」で日本推理作家協会賞短編部門を受賞。二〇〇五年、『生首に聞いてみろ』で本格ミステリ大賞を受賞。主な著書に『二の悲劇』『法月綸太郎の新冒険』『キングを探せ』『ノックス・マシン』などがある。

# 1

通報を受けた警官隊が、男のアパートに踏み込んだ時、彼はちょうど台所で夕食の仕度をしているところだった。骨つきの手首が、熱したフライパンの中でじゅうじゅうと油のはぜる音を立てながら、なまぐさい煙を上げていた。部屋に充満する異様な臭気に、警官たちは思わず顔をしかめた。

「その火を止めろ！」

警官のひとりが叫んだ。男は不作法な中止命令に少し気を悪くしたような表情を示したが、さからいもせず、薄笑いを浮かべながら、黙ってガスレンジの火を消した。そして、両腕をだらりと腰の横にぶら下げた。

火を止めろと命じた警官がおそるおそる、狐色に焼けた手首を警棒の先で引っくり返した。警官はうえっと声を上げて、フライパンから飛び退《の》いた。人間の女のものらしい五本の爪には、まだマニキュアの跡がこびりついていた。

警官隊はいっせいに身構えた。しかし、男は動かなかった。騒ぎ立てもせず、ひどく無関心な態度でそこにたたずんでいるだけだった。

私服の刑事が男の前に進み出た。そして、顔をこわばらせながら、流しの横の大型冷蔵庫に猜疑《さいぎ》の目を向けた。フリーザー室を大きく取った、最近流行の型だった。ややぎこちない手つきでフリーザー室の扉を開けると、そのはずみで、ラップに包んだ血まみれの女の首が、床の上に転がり落ちてきた。

「おい、きさま、これはいったい――な、何のつもりだ！」

すっかり度を失った刑事の問いに、男は冷たく笑って答えた。

「食べるつもりさ、もちろん」

＊

まだ残暑が去らない九月の、とある土曜日のことだった。昼食を終えて、午後の思索にふけっているところに、探偵小説家の法月綸太郎が、ふらりと私の部屋を訪ねてきた。

法月とは大学時代からの付き合いだから、かれこれ十年来の友人である。しかし、このところ、お互いに無沙汰が続いていて、早いものだ、最後に会ってからもう二年になる。予告のない突然の来訪だったので、私は少なからず驚いたが、久しぶりに彼と話せるのがとても嬉しかった。私はちょうど、退屈しているところであった。

「よお、探偵。懐かしいな。　相変わらず、女子供向けの三文スリラーを書き飛ばしているのか？」

法月は浮かない顔で答えた。

「締切りに追われて、青息吐息の毎日さ」

「だから言ったろう、そんなものとはさっさと縁を切れって。探偵小説なんて、脳軟化症の迎合主義者の読み物だ。くそみたいな演歌と同じで、聞いたことのあるメロディと聞いたことのある歌詞の順列組み合わせで成り立っている。限りない改訂版、果てしない供給。だからこそ、あばよと言ってやれ。今からでも遅くはない、もっとクリエイティヴな仕事を探せよ」

「またそれか」

うんざりしたようにため息をついた。私は法月の困った顔を見て、声を出さずに笑った。私たちの間では、これがお決まりの挨拶なのだった。

私は法月に椅子を勧めた。腰を下ろすと、今度は法月が私の近況をたずねた。

法月綸太郎は二年前に会った時の姿と大して変わっていなかったが、こちらの方はそうでもない。三十になり、腹に脂肪がつき始め、それからつい最近、一緒に暮らしていた女とさっぱり縁を切った。今は気ままな独身生活者だ。

それ以来、私はかねてから温めていた野心的な論文に、かかりきりになっている。以前に比べれば、生活は規則正しく、簡素で、充実した静けさに満ちていた。今、寝起きしているこの部屋も、ちと殺風景なきらいはあるものの、執筆に没頭するには理想的な環境なのだ。

「――ただ、知的刺激の少ないことが、玉に瑕《きず》だな。自分ひとりで考えている分には申しぶんないところだが、身近に頭のある話し相手がいないのは寂しいよ。俺の周りはわからず屋ばかりでね。むろん、おまえは大歓迎さ。せっかく来てくれたんだ、何か面白い話はないか？」

法月はちょっと焦《じ》らすように、ためらう素振りを示した。

「面白いといえるかどうか。大久保信《まこと》という名前に覚えはあるかい」

「大久保だって？」

微《かす》かに記憶のある名前だった。

「――ああ、おまえが大学に入りたての頃、親しく付き合っていた医学部の学生だな。妙なやつだったよ。下宿に閉じこもって、秋山駿ばかり読んでいた。変に自意識ばかり強くて、付き合いにくい男でね。だが、名前を言われるまで、そんなやつのことなんか忘れていた。その大久保がどうかしたのか？」

法月は翳《かげ》りのある目つきで、私を見た。

「うん。人を殺したんだ」

「人を殺した？」

私はここしばらく新聞もＴＶも見ていないので、そんなニュースは初耳だった。法月は暗に私の無関心をとがめるような熱っぽい口調で、

「それも、普通の人殺しじゃないのさ。今日、君に会いに来たのも、実はそのせいなんだ。昔の友人のことだから、ぼくも見過ごすわけにはいかなくってね。事件の性質について、自分なりにいろいろ考えてみた。それである結論にたどり着いたんだが、どうも自信が持てなくて。そこで、君の意見を聞いてみようと思いついて、はるばるやってきたというわけさ。どうだい、しばらく話に付き合ってくれないか？」

「天下の名探偵からじきじきに助言を求められるとは、この俺も偉くなったもんだ。だが、そこまで言うからには、よほど尋常でない事件なんだろうな。くだらん真犯人探し《フーダニット》なんかだったら、俺はまっぴらごめんだぜ」

「むろん、犯人は大久保だ。でも、尋常な事件でないことは保証する。最大の謎は、動機なんだ」

私は法月の話にいたく興味を引かれた。

「聞かせてくれよ、その謎とやらを」

＊

「大久保に殺された女は三沢淑子《よしこ》といって、二人は五年ほど前から、東長崎のアパートで同棲を続けていた。君も知っての通り、大久保は医学生くずれのプータローというやつで、形だけ医学部に八年間籍を置いていたものの、結局医師試験に合格することができず、学校の方も中途退学してしまった。中退後も、定職に就かず、ぶらぶらと怠惰な日々を送っていたんだ。同棲相手の淑子は、学生時代から大久保と交渉があったが、医科短大を卒業後、歯科衛生士の資格を取って、都内の病院で働いていた。大久保は、淑子の収入に頼って暮らしていたわけだ」

「要するに、ヒモということか。そんな甲斐性のある男には見えなかったな」

「人の好き好きだからね。ぼくも一度、会ったことがあるが、だらしない男を見ると黙っていられないっていう感じの、気丈なタイプのお嬢さんだったよ。そのことが、あと重要な意味を持ってくるんだが、とりあえずは先に進もう。

ある夜、つい最近のことなのだが、具体的な日付は省略するよ、大久保はささいな喧嘩から、過って淑子を絞め殺してしまったんだ。前後の状況から判断して、それが過失死であることは明白だった。ところが、彼は同居人の死を医師にも、警察にも届けなかったばかりでなく、一晩かけて、淑子の死体をアパートの浴室でバラバラに切り刻んだ。そして、各部位ごとにラップをかけ、冷蔵庫に入れて保存しておいたのだ」

「なるほど。猟奇犯罪か」

私は人並みに眉をひそめつつ、身を乗り出していた。

「ということは、少なくとも、医学生時代の経験は役に立ったというわけだな。もちろん、中退したといっても、解剖実習ぐらいやっていたのだろう」

「その通り。だが、これで話は半分なんだ。まだまだ恐ろしい続きがある。彼の胃袋は、あくる日から地獄と化したのさ」

「なんだって？　前から言おうと思っていたが、おまえの使う比喩《ひゆ》は、いつも曖昧で、厳密さに欠けているぞ」

法月はかぶりを振ると、厳しい声で答えた。

「言葉を返すようだけど、これは比喩なんかじゃない。文字通りの意味で言ったんだ、つまり――大久保はその日から毎日、五日間にわたって、自分が手にかけた女の死肉を食い続けていたんだ」

「――大久保が人の肉を食ったって！」

私は唖然として、法月の顔を見返した。そして、彼が単なる余興のつもりで、この話題を持ち出したのではないことがはっきりとわかった。法月は大久保の事件に、大きなショックを受けているのだ。

「むろんのこと、彼は生肉を獣のように貪《むさぼ》り食っていたわけじゃない。そのつど、煮るなり、焼くなり、調味料を使うなり、手を加えたものを食ったのだがね」

「同じことさ。おまえが昼食の前に来なくて、せいぜい助かったよ」

法月はしばらく話を中断して、私の反応を吟味していた。しかし、その視線は何となく、どこか遠いところを見つめているようでもあった。それから、おもむろに口を開いた。

「ああ、いきなり胸が悪くなるような話を持ち出してすまない。でも、君ならこうした話題にも、慣れているはずだと思ったんだ」

「確かに、おまえの言う通りさ。俺は以前、人肉嗜食《カニバリズム》の研究に凝ったこともある。だからといってそう言われても、ちっとも嬉しくはないが、なるほど、やっとおまえの魂胆が読めたよ。おまえは俺に、大久保が女の肉を食った動機を言い当てさせようというのか？」

法月は視線を上向きにして、私の表情をうかがうようにうなずいた。

「ふむ。推理の問題としては、かなり異色の部類に属するな。しかし、興味深いものであることも確かだ。で、おまえはおまえなりの結論に達したが、自信が持てないというんだな」

「ぼくの考えは心理学とも、精神分析ともつかない一種の抽象力によるもので、厳正な裏付けはないから、ひとつの解釈にすぎないと言われても、反論はできないんだ。でも、学者の研究だって、内実は大差のあることをしているわけでもないし、もし、君がぼくと同じ結論にたどり着いた時は、そこにある種の正しさを認めることができると確信している」

私はちょっと面映《おもはゆ》い気分になった。

「ずいぶん買いかぶられたな。でも、おまえがそうまで言うんなら、俺はいくらでも付き合ってやるよ。もともと嫌いな議論でもないし」

「ただ――」

「ただ、何だ?」

「ぼくの答は、あまり気持ちのいいものじゃない」

法月はぽつりと言い足した。

2

私は立ち上がって、壁と壁の間をゆっくりと二往復した。法月は坐ったまま、私の動きに目を合わせている。彼の方に向き直ると、改めて口を開いた。

「——カニバリズムか。そもそも、おまえは、この言葉の由来を知っているか？」

「さあね。おおかた、謝肉祭《カーニヴァル》から来た言葉じゃないのか」

「それはちがうぜ。カニバリズムの語源は、カリブ族（Carib）であると言われている。新大陸が発見された当時、現在のカリブ諸島に住んでいたカリブ族が、人肉食を行なう慣習を持つ部族として、ヨーロッパに紹介されたせいなんだ」

「なるほど」

「つまり、カニバリズムという言葉は、もとから文明国にあったものではなく、もたらされた言葉であり、概念にほかならない。そこには、最初から文化人類学的な視座がまとわりついている。だから、俺はまず、その視座の是非は別として、文化人類学的なアプローチから話を始めようと思う。

飢餓や遭難などの危機的極限状況における食人行為ではなく、慣習としての食人、すなわちカニバリズムは、さまざまな社会について報告されている。また古くは原人段階で、日常的に食人がなされたという説もある。もっともこれは確証がないから、あんまり当てにはならんがね。

従来の研究では、誰を食べるかによって、食人を〈内食人（エンドカニバリズム）〉と〈外食人（エクソカニバリズム）〉に分けている。前者は、自己が属する集団の成員、たとえば親族や家族を食べる。後者は、他集団の者、そのうちでもよく見られるのは、敵対集団の成員を食べるもの。戦争による捕虜などの例がそうだ。また、非常に稀なケースではあるが、自分の肉体の一部を摂取する〈自食人（オートカニバリズム）〉という分類も、事例としては存在する」

「すると、君の考えでは、大久保の事件は〈内食人〉のカテゴリーに当てはまるわけか」

　法月はいくらか皮肉な口調で言った。

「そうじゃない。俺が言っているのは、あくまでも文化人類学者が見出した慣習行為としての食人で、それを現代人の単分子的《モレキユラー》な行動に、そのまま適用するつもりはない。当分は、話を整理するための前置きだと思ってくれ。

　さて、食人の動機、目的としては、飢餓の他、何らかの特別な力を獲得するためというのが多い。被害者が持つ力や資質を自分のものにするため、特に心臓や脳を食べる。妖術や呪術の力を受け継ぐために食人を行なったり、あるいは、人間の肉を病気を治す特効薬として食べる例もある。人肉は霊的な力を持っていると考えられるからだ。これはフレイザー説くところの、〈肉食の共感呪術〉というやつに基づいているんだ。『金枝篇』の中には、次のような記述がある。

　一般に未開人は、動物または人間の肉を食べることによって、肉体的性質のみならずその動物なり人間なりの特性となっている道徳的資質および知的資質までも獲得することができると信じている。

というわけさ。そこで、念のために訊いておくが、大久保が妙な原始宗教や、オカルティズムに凝っていた事実はなかっただろうな？」

「もちろん。呪術とかシャーマニズムの類は、この事件とは一切縁がない。大久保の動機は、何というか、もっと即物的なものだった」

「わかった。今、挙げたのは〈内食人〉タイプの例だな。一方〈外食人〉タイプでは、復讐のために敵の肉を食べたり、後に復讐を受けないようにするため、死者の魂が死体に留まっているうちに、殺した人間の肉を食べたりすることもある。

また部族の神に対して人身供犠を行ない、その肉を食べる宗教イベントとしての食人もある。有名なのは、十六世紀、新大陸にたどり着いたコルテスとその部下が遭遇した、アステカ族の大規模で組織的な食人儀礼だ。このケースでは、敵の捕虜ばかりでなく、奴隷もかなりの数が供犠とされていた。

同じく宗教的な意識に基づくものだが、死者との結びつきを強調するための食人もあり、この場合、死者と永遠にひとつになるよう、死者の肉を食べる。呪術的な側面は希薄化しているのが通例だが、キリスト教の聖体拝礼を、一種の象徴的な食人儀礼と解することも可能だ」

法月は私の説明にストップをかけた。

「象徴の領域にまで踏み込むのは行きすぎだ。シンボル操作のたわむれに目を奪われて、ことの本質を見逃すおそれがある」

「まあ、そう言わずに聞いてくれ。死者との同一化というのは、俺がいま書いている論文の重要なテーマの一部なんだよ。俺は宗教の起源について考えている。それは〈抑圧されたものの回帰〉という形を取って現われるのではないか。つまり、イエスの磔刑《たっけい》にしろ、あるいはさかのぼってモーゼの追放にしろ、俺は原始社会における〈原父殺し〉の再現ではないかと推測しているんだ。

いいか、原始時代にひとりの族長が全てを支配している社会があって、そこに息子たちによる〈父殺し〉が起こった。この〈父殺し〉とは、父を食うこと、すなわち父の一部を体内に取り入れることによって、彼との同一化を確証することだった。

父の殺害後、兄弟どうしが彼の遺産を独占しようとして、争う時期が長らく続いたにちがいない。しかし、こうした闘争のデメリットが、彼らを再び和解せしめ、そこに一種の社会契約を生み出すことになった。息子たちは、各自が父親の地位を独占するという理想を放棄し、ひいては母や姉妹を所有物にすることを断念した。近親相姦タブーと外婚の掟、いわゆるトーテミズムはこうして生まれたんだ。

しかし、この原始共同体の中には、かつての〈父殺し〉の記憶が拭いがたく残っている。この抑圧された記憶こそ、トーテミズムを無効化するような一神教の不可避的な出現を説明するものだ。したがって、一神教の持つ強迫的な性格は、〈抑圧されたものの回帰〉から生ずるものにほかならない」

私が言葉を切ると、法月はいくぶんとまどいがちに肩をすくめた。

「──それは、ずいぶん神経症的な見方だね」

「人間とは本来、神経症的なんだ」

と私は答えた。

「だが、さすがに俺は脱線しすぎたようだ。久しぶりにおまえと話ができるんで、少し興奮しているらしいや」

「だったら、そうやって歩き回っていないで、坐って話せよ」

そう言われて初めて、自分がじっとしていなかったことに気づいた。私は椅子に腰をかけ、法月と向かい合った。

「さて、本題に戻ろう。これまで触れてきたのは、カニバリズムに対する伝統的な見方、要するに、ロマンティックな解釈にすぎない。これに対して、近年、生態人類学を標榜するマイケル・ハーナーやマーヴィン・ハリスによって、注目すべき学説が立てられている。

彼らは、さっきも触れたアステカ族の人身供犠に関する報告をつぶさにチェックして、アステカ族の戦争＝供犠＝食人の複合に注目した。ここで重要なのは、犠牲となった捕虜や奴隷の死体のうち、食用になる部分は全て、家畜の肉と全く同じやり方で処理されたという事実だ。すなわち、当時の民衆は慢性的な栄養不良に悩んでおり、アステカ族の神官たちは、動物性蛋白質を人間の肉という形で大量に生産・再配分することに適応した国家体制における、儀礼的殺人者だったというわけさ。ハーナーらはアステカ食人王国の成立条件を、何世紀にもわたる生産強化と人口増加との影響により枯渇してしまったメソアメリカの生態系特有の状態、および、より安価な選択が可能な場合に、人間の肉を動物性蛋白源として利用した際の、コスト＝ベネフィットの相関に求めている。言うまでもなく、ここには、ロマンティックな食人種という異文化幻想はない」

法月はふふんと鼻を鳴らして、

「人口の増加に対応した食糧問題の解決策と言われると、なんだか、『ソイレント・グリーン』を思い出すね」

「あれはSF映画だからな。それよりも、この種の議論では、ジョナサン・スウィフトの名前を落とすことはできない。彼が一七二九年に書いた『貧家の子女がその両親並びに祖国にとっての重荷となることを防止し、且《かつ》社会に対して有用ならしめんとする方法についての私案』は、当時のアイルランドの極度の窮乏と、市民社会の良識に対する痛烈な風刺だった。これは要するに、貧乏人が赤ん坊を金持ちの食用に供することによって、人口問題と食糧問題を一挙に解決できる、という内容だ。もちろん、こんな乱暴なもの、誰も相手にしなかったが、たとえば、マルサスの『人口論』だって、結局は同じことを言っていると思うぜ」

法月がまた私をさえぎった。

「しかし、大久保はアステカの神官でも、スウィフトでもない。何も日本の人口問題を憂えて、女を殺して食べたわけではないからね」

「それぐらいのことはわかっているさ。一方、生態人類学とは別の観点から、もっとラディカルにカニバリズムの存在そのものを疑う学者もいる。ウィリアム・アレンズによれば、食人の記録はほとんどが伝聞や間接情報であり、食人を確実に証明する直接資料はないというんだ。文化人類学者によるフィールドワークでは、現在でも食人を行なっている社会の報告はないので、食人が実際に存在したかを確かめることは、今日では非常にむずかしい。ただし、一九六〇年頃、ニューギニア高地で流行したクールーという病気が、食人によって感染するとした医学的報告があるらしいが」

「そういえば、ベン・ヘクトの短編で、そんな話を読んだことがある。死体公示所の守衛がフィジー生まれの食人種で、防腐処理をした死体に中毒して、死んでしまうとかいうんだ」

私は苦笑して、

「今そんなことを書いたら、フィジー政府から抗議が来るだろうな。まあ、昔のことだから、誰もとやかく言いはすまいが。人類学的なアプローチはざっとこんなものだ。しかし、食人の伝統的な風習を考えるなら、中国における故事を忘れるわけにはいかない」

3

法月は苛立ちもあらわな声でたずねた。

「まだ、前置きが続くのか？」

「まあ、そうせかすなよ」

私は法月の性急さをたしなめた。

「俺はむしろ、カテゴライズし、列挙する過程そのものを楽しんでいるわけであってね。その中でおいおい、大久保の動機にも触れていくつもりだ。もう少し俺のカニバリズム講義に付き合えよ。

桑原隲蔵《じつぞう》の論文『支那人間に於ける食人肉の風習』には、中国人の間に太古から存在するという食人風習について、史実の中から数多くの例が記されている。彼の研究によれば、中国人が人肉を食用に供する際の動機は、五つに分類される。
1．飢餓の時、人肉を食用する場合。2．戦争時、籠城して食料が尽きた時、代用として人肉を食用する場合。3．嗜好品《しこうひん》として、人肉を食用する場合。4．憎悪の極、怨敵の肉を食べる場合。5．疾病治療の目的のために、人肉を食する場合。
最初の二つは、ひとくくりに論じてもいいだろう。危機的状況下で、生き残りのために、通常禁じられている食人行為に及ぶケースだ。刑法における、緊急避難の一類型といえる。重要なのは、これは古代中国に限らず、いかなる場所、いかなる時代でも起こり得るということだ。漂流船の乗組員が殺し合い、十五人が死体を食って生き残ったメデューズ号事件、アンデス山中に墜落した飛行機の乗員四十五名中、十六名が遭難者の遺体を食べて奇跡的に生還した〈アンデスの聖餐《せいさん》〉事件、旧日本陸軍によるニューギニアでの食人などから、大規模な飢饉《ききん》による地域的な食人に至るまで、その例は枚挙にいとまがないほどだ。しかし、この飽食の日本で、大久保が餓死寸前の状態にあったとは考えられないな」

「むろんだ」

言ってから、法月は思い出したように言い添えた。

「むしろ、それならかえって救われるぐらいだよ」

「では、次の項目に進もう。嗜好品としての人肉というテーマについては、中野美代子

がそのものずばり、『カニバリズム論』というエッセイの中で、

どうやら、中国人には、カニバリズムを罪悪ないしはタブーとみなす気持がそもそもなかったのではなかろうか。だから、美食に飽満した貴顕にとって、人肉は彼を誘惑してやまぬ味覚の絶巓《ぜってん》だった。中国人が今でも、味覚に執することを考えれば、これはふしぎでも何でもない。どの例をとっても、人肉は単なる「食糧」としてではなく、「料理」の一形態として登場することに注目されたい。

と記している。さらに、続く章でスタンリイ・エリンの『特別料理』が引き合いに出されているけれども、これについてはもちろん、おまえの方が詳しいだろう？」

法月はしぶしぶうなずいて、

「エリンの処女作だ。アミルスタン羊を使った〈特別料理〉の味覚の秘密をテーマにした短編だが、もちろん、アミルスタン羊なんてものは実在しない。食通を自任する連中が、美味珍味を追求するあまり、ついに人肉料理に至高の味を見出すという一連のパターンの先駆けだよ。もっとも、エリンはそれが人肉だとはひとことも書いてなくて、最後にほのめかしがあるだけだが」

「まあ、エリンを引っぱり出すまでもなく、頻繁に使われすぎて、ミステリ的に、今で

は珍しくも何ともないテーマではあるがね。大久保に、グルメの素質があったとは思えないが、それなりの調理はしていたようじゃないか。この線はどうだい？」

「ちがうね」

法月はいとも冷淡に否定した。

「大久保はそんな理由で女を食べたわけじゃない。だいいち、そういう小説や史実に書かれてあるほど、人間の肉がうまいものだとは思えないよ」

「まあ、食ったことがないから、俺は知らんが、ぞっとしないのは確かだな。猿の肉だって、食いたくはないや。俺は中華料理は嫌いだからね」

法月は先を進めるよう、身振りで促した。私はひとつ咳払いをして、

「次の〈怨敵の肉を食べる場合〉というのは、さっき〈外食人〉タイプで触れた、復讐のために敵の肉を食べるのと同工異曲だ。中国人はその怨敵に対して、よく欲噬其肉とか、食之不厭とか、将魚肉之などと表現するが、これは決して誇張ではなく、事実そのままのことだったらしい。彼らは信仰上、死後も肉体の保存を必要としていたので、死体の肉を食うことによって、怨敵に大きな打撃を与え得ると信じたんだ。歴史上、虐帝や叛将、罪人の肉を食うことは、一種のリンチとして公認されていた。その際、頻繁に食べられたのが、心臓と肝臓であり、やはり心肝が生命の根拠であると考えられていたようだ。しかし、復讐だの、怨敵だのは、やはり大陸的感性だな。忘れっぽい日本人の

体質には合わないような気がするね。とすると、これは外してもよさそうだ」

「そうかい」

法月は妙に無愛想に応じた。

「最後の項目は、呪術的な食人のケースと重複するが、唐の玄宗時代に、陳蔵器が『本草拾遺』の中に薬材として人肉を加えて以来、歴代の本草には必ず人肉が取り上げられるようになった。かくして、宋・元以降、父母や舅姑《きゆうこ》が病気になった場合、子供や嫁が自分の肉を削《そ》ぎ、それを薬として病人に与えることがある種の流行になったというんだ。もっともこのケースでは、死体の肉とは言いがたいところがあるが、これに似た事例は中国に限らず、世界中で確認されている。日本でも明治時代、恩師のハンセン病を治すため、小学生と薬店店主を殺害して、その臀肉を食わせた学士の事件があるし、戦後でも、墓地から掘り出した嬰児《えいじ》の死体を黒焼きにして、万能薬と称して売っていた男もいるそうだ」

「大久保は逮捕時、精神的にはともかく、肉体的には健康だったことが確認されている。病気を治すために、彼が死体を食べた可能性はないよ」

法月はそっけない口ぶりでだめを出して、中国問題にけりをつけた。

私は席を離れて、窓辺に立った。午後の強い陽射しも、ようやく翳《かげ》り始めていた。私はブラインドを上げ、窓を開けた。快い風が頬をなで、机に置いた紙束がかさかさと音を立てた。

＊

「おやおや、もうタネ切れかい？」

と法月が言った。私は微笑を浮かべて、彼の方に振り向いた。

「まさか。今までのは概論だよ。これからが、俺の本領さ。今度は、今世紀の文明国の犯罪事件におけるカニバリズムについて、一席ぶたせてもらうぜ」

私はゆっくりと席に戻った。法月は身じろぎもせず、私の動作をじっと見守っていた。

「犯罪史上に現われる人肉嗜食《ししょく》者の多くに共通するのは、単に人肉の味わいに魅かれてというより、人肉を食べる行為自体にフェティッシュ、ないしは性的な満足を見出していることだ。たとえば、一九二八年、十二歳の少女の死体を鍋で煮込み、九日間にわたって食べ続けたアルバート・フィッシュという男は、逮捕後に、食べる度に極度の性的興奮を得たと自供している。ちなみにこの男は幼時からＳＭの味を覚え、逮捕時には陰嚢《いんのう》と肛門の周囲に、二十九本の針が刺さっていたという」

「あからさまな変態だ」

「そうとも。ウィスコンシン州で農場を経営していたエド・ゲインという男は強度のマザコンで、母親から女性との接触を一切禁じられていた。母親の死後、ゲインは部屋に閉じこもり、畑仕事もせずに、女体の構造に病的な興味を示すようになったんだ。近所の墓地から女の死体を掘り出しては、その皮膚を剝《は》いで、チョッキのように身に着け、月夜の晩に踊り狂った。やがて彼の興味は、腐肉から新鮮な死体に移っていった。一九五七年、当局がゲイン宅を捜査したところ、次々と人体で作られた調度品が現われたのみならず、冷蔵庫の中には、十五体の死体から切り刻まれた人肉が貯蔵されていたという」

法月はちょっと顔をしかめたが、まだ口ははさまなかった。

「また、カリフォルニア州の女子大生連続殺人鬼エドマンド・ケンパーは、幼少の頃からサディスティックな妄想にふける傾向があり、十代で祖父母を射殺、一時精神病院に入っていた。まもなく釈放され、母親のもとでしばらくはおとなしく暮らしていたが、やがて、カリフォルニア大学サンタ・クルス校の女子大生に興味を持ち始め、七三年に自首するまでに六人を殺害、その中の何人かに対して、屍姦、人肉嗜食を行なったと自供した。

こうした事件は、それこそ枚挙にいとまがないほどだが、一方、犯人自ら死体を食うばかりでは飽き足らず、食用肉として店頭で販売したという例もある。有名なのは、第一次世界大戦後のドイツで、浮浪児の肉をソーセージにして売っていた〈ハノーヴァーの吸血鬼〉、フリッツ・ハールマンの事件だろう。もちろん、彼自身も人肉を食べたが、その対象は、若く美しい少年に限られていた。まず死体ののどに咬《か》みつき、頭が胴体から離れてしまうまで肉をかじって、性的に興奮したことを告白している」

法月はまたかぶりを振った。しかし、彼の目は抜け目なさを取り戻し、底光りするような輝きを放ち始めた。私は彼が口を開くのを待った。

「だが、そうした大量殺戮《さつりく》のケースは、大久保の行動とはそぐわないね」

と法月は言った。

「大久保が殺したのは、自分の同棲相手だけだった。むろん、逮捕が早かったせいもあるかもしれないが、仮に犯行がすぐに明るみに出なかったとしても、大久保が同じような行為を繰り返したとは思えない。これは、大久保と女の一対一の関係がもたらした悲劇だ。それに、彼が死体を凌辱《りようじよく》したり、おもちゃのように玩弄《がんろう》したというような事実もない。彼はただ、女の死体をバラバラにして、それを食べただけだ。異常性欲者の範《はん》疇《ちゆう》には含まれない」

「じゃあ、身近な例で、十年ほど前、パリで日本人留学生が起こした事件はどうだ？あの事件でも、犠牲者は犯人の女友達だけだった。国籍の問題はあるが、事件の性格としては、大久保のケースにかなり近いんじゃないか」

「君の言う通り、大久保の逮捕後、マスコミが真っ先に飛びついたのも、その事件だったよ。でも、ぼくはすぐに、それはちがうと直感した」

「なぜだ？」

と私はたずねた。

「パリの事件の犯人は、ヨーロッパ人の白い肉にあこがれて犯行を行なったと告白しているが、そこにはあらかじめ演出的な意図が働いているような気がするんだ。彼の犯行は、自己劇化の欲望が先にあって、そのためにあえて、タブーを侵犯してみせたようなところがある。人肉食がタブーであるからこそ、それを破ったという、作為的な転倒が感じられるんだ。そういう意味では犯行自体もそうだし、逮捕後の彼の言動にも、何だか見えすいたところがある。もっともこれは、ぼくの個人的な印象だけどね」

「初めにタブーありき、か。言ってみれば、社会への挑戦だな。そういえば、ちょうど同じ頃、ホラー映画で、ゾンビが人肉を食う場面が頻繁に描かれたこととも通底するかもしれない。ゾンビの非人間性を強調するには、タブーを平然と破らせるのがてっとりばやい早道だから」

「しかし、今度の事件では、そうした自己劇化の意図がみじんも感じられない。大久保は女の死体を食べた理由について、過剰な説明をしようとはしなかった。それどころか、彼の動機には、反社会的な視点など、これっぽっちも存在していなかったと断言していいぐらいだ」

「なるほどな。もっとも、俺が十年前の事件で一番興味を覚えたのは、それがパリの外国人の犯罪だったということだね。犯人は東洋人、被害者の女性もオランダ人で、フランスのナショナリズムは事件を素通りしてしまった。もし殺された女がフランス人だったら、彼はただではすまなかっただろう。だが、今そんな問題に深入りしても始まらない。話を戻そう。

殺人者が死体を食うには、もっと散文的な理由もある。これはむしろ、探偵小説でおなじみのパターンだが、死体処理の方法の極端なケースだ。言うまでもなく、犯人が死体を全部食い尽くしてしまえば、殺人の証拠は残らない」

法月はその答を予期していたような顔つきで、首を横に振った。

「いや。大久保は通報しなかっただけで、犯行を隠そうとする意図は全くなかったようだ。警察が彼の部屋を捜査した時も、女の首と手足の一部はそのまま残っていた。女が死んでから、五日もたっていたというのにだよ。それなら、どこか遠くの山の中にでも捨ててしまった方が、はるかに安全だ」

「——首と手足の一部か」

その言葉を聞いて、私の脳裏にひとつの大胆な着想が閃《ひらめ》いた。

「ちょっと待ってくれよ、今思いついたことがある。そう結論を急がずに、俺の考えを聞いてみろ。

犯罪の客体を消すために、死体を食ってしまうというのは、言うまでもなく、犯罪そのものの存在を隠蔽《いんぺい》してしまう行為だ。この着想が探偵小説的に意想外なのは、死体を食ってしまうという、単純でありながら、しかし人間の原初的なタブーに触れる行為が、その侵犯の著しさゆえに我々の視界の外にはみ出してしまっているからにほかならない。あるいは、近代が無意識のうちに我々の視界の外に追いやったと言うべきかもしれない。したがって、この場合、人食いという行為自体が、見えない行為、不可能な行為となっていること、それこそが完全犯罪の条件になっている」

法月はもの憂げに私をさえぎった。

「しかし、君の考えは、このケースには当てはまらないよ。なぜなら、ぼくたちの出発点は〈大久保信が女の死体を食った〉という、まさにその行為そのものなんだから」

「俺の話を最後まで聞けと言ったろう」

私は法月の早とちりをたしなめた。

「俺が言いたいのは、別の隠蔽技法、おまえら探偵小説作家のテクニカル・タームで、レッド・ヘリングと称するやつだ。いいか、死体を食うという行為が禁じられた、それゆえ、我々の通常の思考の枠外にはみ出している行為であるからこそ、それが突然、目の前に突きつけられた時には、我々の注意は全てそこに引きつけられてしまって、他のことには気が回らなくなってしまう。それはわかるだろう」

「すると、君が言おうとしているのは――」

「女の死体で残っていたのは、首と手足の一部だけだった。つまり、彼が本当に隠しおおせようとしたもの、人の目に触れてほしくない何かは、女の胴体部分に存在していたのではないか？　それが何であったのか、俺には推測することしかできないが、たぶん女を殺したことに対する罪の意識とは、全く別レベルの判断がなされたにちがいない。そうだな、たとえば――」

「たとえば？」

私は勝ち誇った気分で結論した。

「そう。女は妊娠していたのかもしれない。そして、大久保はそのことを誰にも知られたくなかった。要するに、彼が二人の人間を食った可能性もあるということだ」

4

「悪くないよ、考え方としては悪くない」

と法月はつぶやいた。だが、言葉とは裏腹に、その口調はさめていた。

「でも、それで君は満足かい？　だって、君があれほど毛嫌いしている探偵小説的発想以外の何物でもないじゃないか」

「――まあ、そう言われればそうかもしれない」

私はしぶしぶ認めたが、

「しかし、率直に言って、ここまでに挙げた可能性で、人肉食を行なう動機はあらかた出尽くしているはずだ」

法月は強くかぶりを振った。

「いや。君はたぶん、問題を取りちがえているんだ。ぼくは確かに、即物的な動機という言い方もしたけど、その即物性というのは、大久保の心理的な影の部分と密接に結びついている。君の議論は、何よりもその点を見逃しているのさ」

私は言葉を失った。しかし、それは法月に反論できなかったからではない。私を押し黙らせたのは、私を見つめる彼の哀しげなまなざしのせいだった。

重苦しい沈黙が、私たちの間に横たわった。

私はふと、ある罠《わな》のようなものを感じた。自分が法月に試されているような気がしたのだ。すると同時に、私の脳裏をひとつの単語がよぎった。その単語は、私の思考を一息に飲み尽くし、そして、大久保の事件に対する新しい見方を私に強いた。

私はその答を法月に告げようとした。だが、私はなぜか、その言葉を口にするのが恥ずかしいような気がした。それは、法月が言うような、後味の悪い言葉ではなかった。むしろ、その反対であった。

「――君は、愛という言葉を持ち出したいのだろう」

突然、法月が沈黙を破った。悔しいが、彼の言う通りだった。私は、自分の考えを見抜かれたことに対する気恥ずかしさから、いささかむきになってまくしたてた。

「ああ、そうとも。この世で一番尊くて、しかも、一番陳腐な言葉さ。愛情の最終的な段階は、愛する対象と自我の完全な合一化を欲するものだ。身も心もひとつ、というやつだ。そして、通常の愛人どうしならば、その目的は、性交時におけるお互いの忘我状態によって、成就されたと考える。しかし、仮に彼がそういう考え方に満足できないで、さらにその次の段階を求めていたとしたら？　そして、彼が出した結論が、愛する女の肉体を自分の中に、物理的に取り込もうとすることだったとしたら？

これは決して、根拠のない考えではない。原生動物の段階では、捕食器官と生殖器官が、未分化のままで残存している。過去には、生殖行為そのものが栄養摂取行為のアナロジーだと主張する学説もあった。セックスを形容する際に、食習慣と密接に関係した言い回しが多用されるのはなぜだ？

ささいな喧嘩から女を殺してしまった瞬間に、その結論がパッと彼の頭の中ではじけたのだ――今なら彼女の魂も、肉体から分離してはいまい。今こそ長年の夢が、二人の魂と肉体の完璧な合一が、ついに現実のものとなる。彼女の肉体は、全身の一個一個の細胞に至るまで分解され、それが自分の血となり、肉となり、骨となる――そういうふうに彼が考えていたとしたら？　二人の完全な同化が、初めて可能になるチャンスであると」

「君がそう言い出すのを待っていたよ」

と法月が言った。その口ぶりには、絶望的なアイロニーが感じられた。彼はすぐに続けた。

「だが、残念ながら、それはまちがいだ。ぼくは、大久保が女をこれっぽっちも愛していなかったことを知っている」

「何だって？」

私はようやく、法月が今までわざとその事実を伏せていたことに思い当たった。彼にしてやられたのだ。ほかならぬ、この私が！　さっき感じた罠のようなものとは、法月の語りそのものに仕掛けられていたわけだ。全くこいつときたら、私をおだてて好きなだけしゃべらせておきながら、味な真似をしてくれる。探偵小説家などにしておくには、もったいない男だ。

「これは、徹頭徹尾、劣等感の犯罪、ルサンチマンの犯行なんだ」

法月は吐き出すように言った。

「二人の同棲生活は、愛情面ではとっくに破綻《はたん》していたのだ。愛のない同居生活がだらだらと続いていた理由は、ただ大久保に全く生活能力が欠けていたことと、三沢淑子の度外れな憐憫《れんびん》があったからにすぎない。グレアム・グリーンが述べた通り、憐憫は愛情から最もかけ離れた感情だ。そして、憎悪よりはるかにたちが悪い。

二人の生活は、完全な支配＝隷従関係から成り立っていた。三沢淑子は、自分の行為は施しなのだと考えるような女だった。一方、大久保信は、生まれつき卑屈にふるまう術《すべ》を知っている男だった。女は男に奴隷まがいの態度を要求しながら、それが無償の愛にほかならないと信じていた。そんな生活に、愛情が入り込む余地などあるもんか。

そして、とりわけ大の男でありながら、女の憐憫にすがって養ってもらっている、君が言ったヒモというやつだ、その大久保にとっては、耐えがたい苦痛の毎日であったにちがいない。彼は大学に入るまでは、両親の期待を一身に背負った、いわゆる優等生だったそうだ。しかし、いったん医者になる夢に挫折して、目的を失い、働きもせず、女のヒモ同然の暮らしをしているうち、彼の中にとてつもない劣等感が醸造されていたんだ」

私は思わず膝を打った。

「――内部の人間だ！　秋山駿だ。精神の〈地下室〉の住人だ。それで、大久保は女を食ったというんだな。復讐のために、女が生きている間にはなし得なかった征服のために」

だが、法月は私の独断をとがめた。

「確かに世間では、そういう解釈がまかり通っている。でも、ぼくはそんなになまやさしい問題ではないと思うんだ。

聞いてくれ。確かに女の死肉を食うことは、一種の復讐になるかもしれない。しかし、はたしてそれだけで、彼のいびつな劣等感が治まっただろうか？

ぼくは、そうは思わない。

君がさっき言ったように、死体の肉を食うことは、死者に対する愛情が裏付けとなっている色彩が強い。食べることは消化することであり、それは相手を自分の中に同一化することなのだから。

だが、大久保の場合はどうだろう？　女を憎み、さらにそのうえに強烈な、やり場のない劣等感——裏返せば、自分自身に裏切られて、ひねくれてしまった優越意識にほかならない——を持っていた。そんな人間が、自らの劣等感の唯一の源であり、憎悪の焦点である女の体の細胞の全てが、自己と同化していくという事実に、はたして耐えられるだろうか？」

私は法月の意見にうなずかざるを得なかった。

「――確かに、耐えられまい」

「そうなんだ。ぼくの結論というのは、もっともっとひどいものなんだ。人間に対して、考えの及ぶ限り最も下劣な侮辱行為なのだ」

私はめまいを覚えた。法月がさらに続けた。

「君はまだ、人肉を食べるというその行為にとらわれすぎてる。もっと目を開くんだ。これは子供にでもわかる、いや、むしろ子供の発想だ。それぐらい単純でいて、しかも残酷な悪意に満ちているんだ」

法月の口調は異様なものだった。私まで身が縮む思いがした。まるで自分自身が叱責《しっせき》されているような気分になった。

「大久保信の真の目的は、物を食べるという行為から、必然的に導き出される現象と関わっているのだ。人間の尊厳を徹底的に貶《おとし》める冒瀆《ぼうとく》行為――」

「まさか」

私は自分の中に生じた答に慄然となった。

「――排泄？」

「それが、ぼくの結論だ。彼は憎悪の対象である女を、いったん自分の体に取り込んだ後に、不浄な糞便として体外に排出する、ただその瞬間の歓びのために、ただそれだけのために、ひたすら死肉を食い続けていたのだ」

私は、法月の顔をじっと見つめた。彼は私の反応を待っていた。私は口を開いた。

「――おまえが正しい」

法月は唇をゆがめて、目を伏せた。

5

いつのまにか、部屋は薄暗くなっていた。輪郭のぼやけた黒い影が、眠りこける犬たちのように床にへばりついている。もう陽が落ちる時刻なのだ。私は立ち上がって、窓を閉め、部屋の灯りをつけた。法月は黙りこくって、私の顔を凝視していた。

私は彼にたずねた。

「――それで、大久保はどうなったんだ?」

法月は疲れたような表情を見せた。

「女の勤め先と、アパートの隣人からの通報で、警察が大久保の部屋に踏み込み、その場で彼を逮捕した。さっきも話した通り、女の体で残っていたのは首と手足の一部だけだった。そして、彼の部屋から大量の下剤が見つかった。

大久保はすぐに犯行を自供した。その後、精神鑑定に付されたが、すでにその時には、彼の人格は原形をとどめていなかった。現在も、病院で治療を受けているが、成果ははかばかしくないそうだ」

「哀れな男だ」

私はつぶやいた。

「哀れな男だよ――おや、もうこんな時間だ。ずいぶん長居をしてしまった。変な話を聞かせて、悪かったね」

「いや、面白かったよ」

「そうかい。じゃあ、また来るよ。さよなら」

法月綸太郎はそれだけ言うと、なぜか非常に暗い面持ちで私の前から立ち去っていった。

＊

私は、法月の話を詳細にノートに記録しておくことにした。おそらくこのエピソードは、将来私が発表するつもりの、人間の精神の呪われた深淵を解明する画期的な大論文の中で、特に重要な部分を占める事例のひとつとなるはずだ。女に対する憎悪と肛門感覚との結びつきが、私に新しい仮説を思いつかせたからである。法月も指摘した通り、これは子供の発想だ。すなわち、幼児期のある時点における精神的なダメージが、大久保信の異常行動の引き金となったのではないか？　私はその時期に〈肛門期〉という名称を与えることを、真剣に考えている。

書き終えると、私は満足してノートを閉じた。全体構想もだんだんとまとまりつつある。今世紀における、もっとも偉大な著作となるだろうという確信が、今の私にはある。

それにしても、ここでの生活は快適で申しぶんないのだが、ひとつだけ困っていることがある。どういうわけか、ここの人間はみんな、私のことを〈大久保さん〉という名前で呼んでいるのだ。そういえば、私の着ている衣服にも、〈大久保信〉という縫い取りがしてある。法月のかつての友人、哀れな人喰いの名前と同じなのは、きっと単なる偶然の一致だと思うが。

ここの連中は何を考えているのだろうか？　勝手に人に妙な名前をつけて、何が面白いのだろう。全く困ったものである。私にはちゃんとした本名があるのだから、他人の名前で呼ばないでくれ、と何度訴えても、連中はうるさがるばかりで、全然相手にしてくれない。なぜなのだろう。私には、両親にもらった立派な名前があるというのに。ジクムント・フロイトという名前が。

# 藤枝邸の完全なる密室

東川篤哉

東川篤哉
ひがしがわ・とくや

一九六八年広島県生まれ。岡山大学法学部卒。二〇〇二年、カッパ・ノベルス新人発掘シリーズの一冊『密室の鍵貸します』でデビュー。一一年、『謎解きはディナーのあとで』で本屋大賞を受賞。ユーモア本格ミステリー屈指の書き手として評価される。主な著書に、『探偵部への挑戦状　放課後はミステリーとともに2』『純喫茶「一服堂」の四季』『探偵少女アリサの事件簿　溝ノ口より愛をこめて』『ライオンの歌が聞こえる　平塚おんな探偵の事件簿2』など。

1

烏賊川《いかがわ》の市街地を遠く離れた山の中腹。キツネかタヌキ、もしくは潜伏中の犯罪者ぐらいしかいないと思える秘密めいた場所に、ただ一軒、でんと建つ西洋風の豪邸がある。烏賊川市で指折りの資産家、藤枝喜一郎《ふじえだきいちろう》の屋敷である。

藤枝喜一郎は若いころ、烏賊釣り漁船の乗組員として活躍。その後、飲食店経営で財をなし、歳を重ねてからは株式投資と不動産売買でその資産を数倍にしたといわれる伝説的人物だ。損することはいっさいしない。採算度外視でやったことは、自伝の出版だけ。

そんな彼の人生はある種の人たちからは《パーフェクトゲーム》と賞賛を集め、またべつの人たちからは《烏賊川のイカサマ野郎》の誹《そし》りを受けている。毀誉褒貶《きよほうへん》の激しいことは、資産家にはありがちなことであるが、喜一郎の場合はマイナス評価が圧倒的に優勢のようだ。彼が人里離れたこの地に一軒家を構えたのは、そんな世間の風当たりを気にしてのことかもしれない。

烏賊川の土手の桜が開花を迎えた三月の終わり。花冷えの厳しい夕刻のこと――

降り続ける冷たい雨の中、藤枝邸を訪れる一台の乗用車があった。運転席に座るのは、仕立てのよい濃紺の背広をスマートに着こなした目つきの鋭い男、藤枝修作《しゅうさく》である。彼の車は巨大な門を静かにくぐり抜け、広々とした庭の一角に停車した。せわしなく雨粒を掻き分けるワイパーの向こうに、藤枝邸の大きな玄関が見える。

「いよいよ、だな……」

ぼそりと呟《つぶや》く藤枝修作は喜一郎の甥《おい》っ子で、年齢は二十六歳。喜一郎が大株主として名を連ねる某建設会社に所属して三年目。会社では将来を嘱望《しょくぼう》されるエリートである。

理性的で頭の回転が速く決断力に富む修作は、叔父のことが大好きだった。資産家にして倹約家、なおかつ妻も子も持たず、身寄りは甥っ子の修作ただひとり。そんな喜一郎に万が一のことでもあれば、彼の《パーフェクトゲーム》の成果を相続する者は、修作をおいて他にいないのだ。好きにならないわけがない。もちろん修作の願いは、この大好きな叔父がいっさい苦痛を感じることなく、大勢の人々に惜しまれながら、一日でも早く、いや一分一秒でも早く天国へと旅立ってくれることだった。後は、修作が叔父の分も含めて薔薇色の人生を謳歌《おうか》するばかりだ。

遅かれ早かれ、そのときは訪れるはずだった。ところが――

どうやら座してそのときを待っていられる状況ではなくなったらしい。

状況が大きく変化したのは、今週初めのことだ。喜一郎が贔屓《ひいき》にしている美人弁護士から、修作のもとに突然の電話があった。電話の向こうの彼女は、声を潜めて意外な質問。

「あなたの叔父さん、最近、新しい女でもできたんじゃないの？」

修作はあらためて最近の喜一郎の様子を思い返す。いわれてみると、なるほど近頃、喜一郎は少し変かもしれない。本来、着るものには無頓着な彼が、妙に若者めいた服を着ている場面を何度か見かけた。アクセサリーなど嫌いな彼が、誰に貰ったのか洒落《しゃれ》た指輪をしていたこともあった。そういえば、柑橘系のコロンの香りを漂わせていたことも――

振り返れば、思い当たる節はいくつもある。だが、それがなんだというのだ？

「彼、遺言状の書き換えを考えているらしいわよ。内容はよく判らないけれど、あなたにだけは内緒にしといてくれって、何度も念を押されたから、あなたに不利な内容になることだけは間違いないわ。だからあなたも、わたしがこのことをあなたに喋《しゃべ》ったってこと、叔父さんにだけは内緒にしといてね」

ちなみに、この職業倫理に欠ける女弁護士と修作とは、海よりも深く沼よりもドロッとした関係。彼女が修作に有益な極秘情報を垂れ流してくれるのは、その濃密な関係のおかげである。そんな彼女は、「来週、叔父さんと会う約束だから」といった後、最後の最後に意味深な言葉を付け加えた。「――じゃあ、頑張ってね」

通話を終えた修作は、あらためて深く考えた。遺言状の書き換えを目論《もくろ》む叔父に対して、甥っ子がなにをどう頑張れるというのか。頭を床に擦《こす》り付けて、どうか遺言状の書き換えについては御再考のほどを、と泣きの涙でお願いでもするか。それともいきなり拉致監禁して、遺言状の書き換えは絶対許さん、と腕ずくで阻止するか。いやいや、どれも無駄な努力だろう。彼女が望んだのは、それとは違った頑張り方に違いない。

そういえば、彼女はいっていた。来週、叔父に会う、と。つまり遺言状の書き換えは来週にもおこなわれる公算が高い。悠長な手段に訴えている暇はない。

では、今週中だ。土曜日までに叔父を無事に天国に送り届ける。それしかない。

修作の決断は一瞬だった。しかし、ただ殺すだけでは不充分だ。なにしろ修作は、いまのところ莫大な遺産の唯一の相続人なのだ。叔父がおかしな死に方をすれば、容疑はたちまち修作に降りかかってくる。叔父を殺すなら、修作自身に容疑がかからないような工夫が必要だ。例えば、鉄壁のアリバイを準備しておくとか。いや、それよりも――あれこれ考えた挙句、修作は周到な殺人計画を立案した。そして準備万端整えた修作が、勇躍、藤枝邸を訪れたのが今日――土曜日の夕刻というわけだ。

車から降り立った修作は、そぼ降る雨の中で、傘を差そうかどうしようかと一瞬迷った。結局、傘の必要はないと判断した彼は、黒革の鞄を頭上に掲げて雨を避けながら、芝生の庭を駆け足。玄関にたどり着き呼び鈴を押すと、扉が薄く開かれた。チェーンロックの掛かった扉の隙間からギョロリと片目を覗かせたのは、間違いなく喜一郎本人だ。

「やあ、叔父さん、遊びにきましたよ。開けてください」

週末、修作が予告もなく藤枝邸を訪れることは珍しくない。喜一郎は特に疑う素振りもなく、ロックを外して甥っ子を屋敷に招きいれた。

「よくきてくれた。さあ、部屋に入って、ストーブで身体を温めるといい。桜の季節だというのに、今日はやけに冷える」

そういう喜一郎は厚手のズボンに毛糸のセーター姿。その表情には、自然な笑みが浮かんでいる。

おそらく——というか、間違いなく喜一郎は甥っ子の来訪の意味に気付いていない。いまのいままで修作が優しく賢い甥っ子を演じ続けてきた成果だ。喜一郎は修作のことを信頼してくれている。その喜一郎を、修作は殺しにきたのだ。

しかし、そのような気配を微塵《みじん》も感じさせないまま、修作はにっこり微笑《ほほえ》んだ。

「僕、鞄を部屋に置いてきますよ。後で、一緒に飲みましょう。実はいいブランデーが手に入ったんですよ。楽しみにしていてくださいね」

修作は二階へと続く階段へと歩を向ける。すると、背後から突然響く叔父の声。

「——ん、ちょっと待て、修作」

修作は内心ドキリとしながら、恐る恐る振り返る。なにかマズイことでも、あっただろうか。すると喜一郎は予想に反して、いたって素朴な問いかけ。

「ブランデーは、その鞄の中なんだな。だったら、ここで鞄から出していけばいい。重たいビンを、わざわざ二階に持って上がる必要はないじゃないか」

「……え⁉」修作は思わず絶句した。確かに叔父のいうことに一理ある。

だが、いまここで鞄を開けることはできない。どうしてもできない理由があるのだ。

「いや、あの、ブランデーは鞄の底のほうにあって……ここでは取り出しにくいから……」

咄嗟《とっさ》の嘘にしては上出来だった。ああ、そうか、じゃあ仕方がないな——と納得の表情を浮かべる叔父を見て、修作はホッと胸を撫《な》で下ろす。それから彼は脱兎《だっと》のごとく階段を駆け上がり、二階の一室に飛び込んだ。彼が泊まりにきた際にいつも利用する寝室だ。ベッドの端に腰を下ろし、修作は小さく溜め息。それから、あらためて鞄のファスナーを開けて中を見た。

開いた鞄の口から姿を覗かせたのは、巨大なペンチにも似た鋼鉄のハサミ。それは鉄製のチェーンをビニール紐のごとくに切断できる、特殊なカッターだった。こんなものが鞄の口から現れた日には、さすがの叔父も修作を疑惑の目で見るに違いない。彼が叔父の前で鞄を開けられなかった所以《ゆえん》である。

修作はチェーンカッターを鞄の中に仕舞ったまま、ブランデーのビンを抱えて一階へと下りていった。そして内心の殺意を笑顔で覆い隠しながら、喜一郎の自尊心をくすぐる言葉を口にした。

「久しぶりに叔父さん自慢の地下室を見せてもらえませんか。叔父さんの好きな名曲を聴きながら、美味《うま》い酒を飲もうじゃありませんか」

喜一郎は二つ返事で頷《うなず》くと、さっそく甥っ子を地下へと続く階段にいざなった。

喜一郎自慢の地下室というのは、オーディオルームのことである。窓のない密閉された小部屋に高価な音響機材とふかふかの椅子が並んでいる。最高の音質が約束された最高の空間の中、大音量で昭和のムード歌謡を聞くのが、喜一郎の最大の趣味だった。無論そこにブランデーが加われば、いうことなしだ。彼は間違いなく石原裕次郎《いしはらゆうじろう》の名曲に耳を傾けながら、上機嫌でブランデーグラスを傾けることだろう。もともと喜一郎は高価な酒には目がないタイプ。しかも酔えば必ず居眠りするのが昔からの癖だ。今夜、彼にはとことん飲んでもらって、とことん酔ってもらおう。そして眠りに落ちたイカサマ大富豪が、再び目を覚ます朝はない──

修作はほくそ笑みながら、自ら地下室の重厚な扉を開けた。

それから、あっという間の二時間が経過。極上のブランデーと魅惑のムード歌謡に酔った藤枝喜一郎は、椅子の上で安らかな寝息を立てていた。夢の中の居酒屋で木の実ナナとデュエットでもしているのか、その表情にはいやらしい笑みが浮かんでいる。

修作はいったん地下室を出て、二階の自室に戻った。鞄の中から、白い手袋を取り出し、それを両手に装着する。そして、鞄から必要な道具を取り出す。まずは丈夫なロープ。それから例のチェーンカッター。そして短い針金。最後にもうひとつ、最後の仕上げに使う重要アイテムを一個ポケットに忍ばせて、修作は部屋を出た。

すぐさま地下のオーディオルームに引き返す。喜一郎はいびきをかきながら、すでに熟睡の領域に達していた。いよいよ実行のときだ。

修作がこれからやろうとしていること。それはズバリ《密室殺人》である。

密室――なんという甘美な響き！　幼少のころより推理小説に慣れ親しんできた修作にとって、密室は憧れであり、それを作り出す犯人は尊敬の対象。そしてそれを解き明かす名探偵は英雄《ヒーロー》だった。叔父を殺害する。しかも自分に容疑がかからないやり方で。そう決断した直後から、彼の頭の中にあったのは、他でもない密室殺人だったのである。

だが、ひと口に密室殺人といっても、密室の中で殺せばそれでいい、というものではない。そもそも犯人にとって密室殺人の利点とはなにか。多くのマニアが様々な形で分類を試みているから、いまさらくどくど語ることもないが、密室の意味ある利用法として代表的なものは二種類ある。ひとつは事故や自殺に見せかけるための密室。もうひとつは誰かに罪をなすり付けるための密室。この二種類だ。

前者はいわずもがな。例えば、密室の中で男が腹から血を流して死んでいる。男の手には日本刀。当然、自殺（切腹！）に見えるというわけだ。

後者は、例えば密室の中に腹を刺されて死んでいる被害者と、もうひとり気絶した誰かが一緒にいる、というような状況を考えれば判りやすい。常識的な捜査員ならば、こう考える。片方が被害者ならば、もう片方が犯人に違いない、と。かくして無実の第三者に容疑が掛けられる一方で、真犯人は容疑を免れる、というわけだ。

物語として面白そうなのは後者かもしれない。だが、より現実的なのは前者だろう。実際、世の中で事故や自殺として処理された事案の中には、優秀な頭脳によって巧妙に作られた密室殺人が、相当数紛《まぎ》れ込んでいるに違いない。それが修作の考えだった。

密室殺人は可能だ。周到な準備と冷静な行動力さえあれば不可能は可能になる！

修作は自らにそう言い聞かせると、さっそく作業に取り掛かった。だが、いきなり殺すわけではない。喜一郎が生きているうちに、済ませておくべきことがある。それは、殺人に用いるいくつかのアイテムに、喜一郎本人の指紋を残しておくという作業だ。

修作はロープやチェーンカッターなどのアイテムに、熟睡する喜一郎の指を押し当てて、彼の指紋を付けた。これで、これらの道具は《喜一郎の持ち物》になった。

その作業が済むと、修作は手袋をした手で白いロープを握った。少し手間取りながら、ロープの片側に人間の頭が通るくらいの輪っかを作る。修作はその輪っかを熟睡中の喜一郎の首に掛けた。それから彼は喜一郎の眠る椅子の背後に回り、ロープを肩に背負うような体勢で両足を踏ん張った。修作と喜一郎は背中合わせの状態だ。このまま柔道の一本背負いのような要領で担ぎ上げれば、喜一郎の首はロープによって圧迫され、たちまち彼は死に至るという寸法だ。

ちなみに、この特殊な殺害方法には《地蔵担ぎ》というハイセンスな名称がついている。

地蔵担ぎによって殺害された被害者は、縊死《いし》と見分けがつきにくいという——

それから、筆舌に尽くしがたい凄惨な場面を経過した数分後。

地蔵担ぎによって仏となった喜一郎の身体は、一本のロープによって壁の高い位置にある金属製のフックに吊るされた。フックは本来、スピーカーを固定するためのものだったらしいが、人間の身体を支えるのに充分な強度があった。吊るされた喜一郎の両足は、わずかながら床に届いている。だが、両足が床に着いた状態の首吊りは珍しくない。

これでいい。修作は自らの犯行の出来栄えに満足した。そして、ひょっとするといまここに警察を呼んだとしても、彼らはごく普通に「藤枝喜一郎が首を吊って自殺した」という判断を下してくれるのではないかと、そう思った。だったらそれもいいか、と修作は思いかけたが、いやいや、それでは本来意図した犯行の趣旨に反する。自分はあくまでも夢に描いた密室殺人を現実のものとするのだ、と思い直した。

本末転倒、という言葉が一瞬脳裏をよぎったが、修作は気にしないことにする。

迷いを断ち切った彼は、いよいよ密室の製作へと移行した。

窓のない地下室は、密室にするにはうってつけの空間だった。出入口は一箇所、木製の重厚な扉があるのみだ。ノブの近くに、鍵で開け閉めするありふれた錠が付いている。だが鍵やら錠やらは関係ない。今回の密室に必要なのは、チェーンロックのほうだ。それは扉の内側、ちょうど修作の胸の高さにあった。いまロックは掛かっていない。チェーンは扉の枠のところから、ぶら下がっているだけだ。チェーンの先端には、見慣れた黒いツマミがある。ロックする際は、このツマミを扉側のスリットに滑り込ませるわけだ。修作は実際、そのようにして扉を内側からロックした。地下室は密室になった。

だが、これでは修作が出られない。

そこで修作はチェーンカッターを手にした。ツマミにいちばん近いところにあるチェーンの輪に、カッターの刃先を当てる。握りに力を込めると、さすがの威力だ。鋼鉄のチェーンの輪が、まるで竹輪のように楽々とねじ切れた。ちぎれたチェーンの輪は回収してポケットの中へ。残ったのは、スリットの中のツマミと、枠からぶら下がった一本のチェーンだけだ。扉のロックは解除され、修作は地下室を出る。

だが、これでは密室にならない。

そこで短い針金の出番だ。修作は、たったいま切り離された黒いツマミとチェーンを、この針金で繋ぎ合わせた。扉の外側に立つ修作が、細く開いた扉の隙間に手を差し入れるようにして、器用に指先を動かす。細かく神経を遣う作業だ。だが、充分な時間をかけた結果、それは満足のいく仕上がりとなった。黒いツマミとチェーンは、しっかりと繋ぎ合わされた。いったん切断されたものを、針金で繋ぎ合わせただけなのだが、一見すると普通のチェーンロックのように見える。そもそも、扉の内側にあるツマミとチェーンの結合部そのものが、扉の外側からは角度的に見えにくいのだ。

修作は試しに扉のノブを思いっきり引いてみた。扉が十センチ程度開いたところで、チェーンはピンと張り詰め、ノブを握る手にガツンとした手ごたえがあった。いかにも内側からロックされている、そんな感触が修作の右手に残った。

大丈夫だ。これなら、大抵の人間は騙《だま》されてくれるに違いない。

修作は扉を静かに閉めた。それから彼は、オーディオルームの隣にある、もうひとつの小さな扉を開けた。そこは物置だった。正体不明のダンボール箱や、様々な道具類が所狭しと並んでいる。そんな中、修作は例のチェーンカッターを、よく見える場所にさりげない感じで置いた。

物置の扉を閉めると、修作はホッとした思いで白い手袋を外した。

とりあえず、今夜の仕事はこれで完了だった。地下室は見た目上、密室になった。密室の中では、喜一郎が首を吊った状態で死んでいる。お金持ちの年寄りが自殺した――一見してそう思える状況が出来上がった。あとは、この密室をしかるべき人物に発見してもらうだけだ。

そして、その場面には修作自身も立ち会う必要があった。トリックの最後の仕上げは、そのときにおこなわれる。それは、明日の朝になるだろう。通いの家政婦が藤枝邸にやってくるのが、午前九時。その同じ時刻にたまたま（といいつつ、本当は計画どおりなのだが）藤枝邸を訪れた修作は、家政婦と一緒に地下室の異変を察知する――それが彼の思い描いたスケジュールだった。

だとすると、自分はいったんこの屋敷を離れたほうがいいのだろうか。それとも、ひと晩ここで過ごして、明日の朝に備えるべきか。そんなことを考え考え、修作は地下室を離れて一階へと向かう。階段を上り、居間へ向かおうとする途中、何気なく玄関ロビーへと視線を向けた瞬間――

「ひゃあああぁぁッ！」

修作は驚きとともに悲鳴を発した。誰もいないはずの玄関に人の気配があった。

いや、気配があった、などという生易しいものではない。背広姿の男が玄関ロビーに置かれた来客用の椅子に堂々と腰を下ろし、優雅に足を組んで鼻歌を歌っているではないか。

「…………」修作はその場に凍りつきながら、椅子に座った男を凝視した。

一方、背中で悲鳴を聞いた男は、わずかに首をすくめただけで、悠然と顔を捻《ひね》り修作のほうを向くと、「やあ」というように軽く右手を挙げる仕草。おかげで修作は一瞬、知り合いか⁉ と思って自らの記憶を辿ったが、いや、どう考えても初対面の見知らぬ男だ。

「だ、誰だ、あんた……」

緊張した声で尋ねると、男は椅子から立ち上がり、どこか親しげな口調でこういった。

「どうも。今夜、藤枝喜一郎氏とお会いする約束をいただいているんですがね。喜一郎氏は御在宅でしょうか――え、わたし⁉ わたしの名は鵜飼《うかい》。鵜飼杜夫《もりお》と申します」

2

「外は寒かったので、勝手に中で待たせていただきましたよ。いや、もちろん何度も声はお掛けしたのですが、返事がなかったものですから。ひょっとして喜一郎氏はお留守ですか」

鵜飼と名乗る謎の人物は悪びれもせずにそういうと、大富豪の姿を捜すようにキョロキョロとあたりを見回す。強張《こわば》った表情の修作は、背筋に冷たい汗を掻きながら、この状況への対応策を考えた。喜一郎はいない、そういってこの男にお引き取り願うことは、可能だろうか。いや、駄目だ。喜一郎が死んだこの夜に自分が屋敷にいるところを、この男に見られてしまった。いまさら彼を追い返しても意味はない。ならば、いっそ——

「ああ、叔父に御用ですか。いや、実は僕もいまきたところなんですがね、叔父の姿が見当たらなくて捜していたところなんですよ。あ、僕は喜一郎の甥で藤枝修作といいます」

「そうですか。しかし変ですねえ。喜一郎氏、僕との約束を忘れちゃったのかなあ」

おそらく、そうだろう。喜一郎は彼との面会の約束を忘れて、修作と酒を飲んだ。あるいは、酒を飲むうちに彼との約束を失念したのか。いずれにしても、予定外の闖入《ちんにゅう》者《しゃ》の登場で、密室殺人の計画が変更を余儀なくされたことは間違いない。

だが、まあいい。明朝に家政婦を相手におこなうはずだったことを、今夜、この男の前でおこなうだけのこと。変更はあっても、ほんの微調整に過ぎない。むしろ顔見知りの家政婦よりも、見知らぬ第三者である彼のほうが、密室の見届け人としては相応《ふさわ》しい。

「いやあ、ホント叔父さん、どこにいっちゃったのかな。こんな天気の悪い夜に出歩くはずもないんだけど」

「天候は三十分前ぐらいに回復して、いまはもう月が出ていますよ。だけど、どっちにしろ出歩きたくなる夜じゃありませんね」

そういって、鵜飼は寒そうに肩をすくめる。

「そうですよ。叔父はこの屋敷にいるはずです。すみませんが、もうしばらく待ってもらえますか。なにしろ、この屋敷、馬鹿みたいに広いんで——」

すると、なんの前触れもなく鵜飼がいった。「喜一郎氏は、地下室では？」

「ひいッ——」修作は、いきなり冷たいものを背中に押し当てられたような気分で、短い悲鳴を発した。なにをいいだすんだ、こいつ。「な、なぜ、地下室だと⁉」

「さっきから何度呼んでも返事がないということは、僕の声が聞こえないところにいるのでしょう。だったら、地下室という可能性がいちばん妥当かと。あるんでしょう、地下室？　この前、喜一郎氏が自慢げにいっていましたよ」

「あ、ああ、なるほど」理屈をいわれれば、頷ける話だ。修作は胸を撫で下ろす。「確かに、地下室はまだ捜していませんでしたよ。そうだ、ちょっと見てきますね」

修作はさりげなく玄関を離れ、屋敷の奥へ。そこから地下へと続く階段の手前で、三十秒ほど時間を潰す。再び玄関へと舞い戻った修作は、首を傾げながら鵜飼に告げた。

「地下室の様子が変なんです。中から鍵が掛かっているから、誰かいるのは間違いありません。たぶん叔父でしょう。でも呼んでも返事がないし、人の気配も感じない——」

「ふむ、それは心配ですね」と、鵜飼は全然心配そうじゃない顔でいった。「部屋の中で倒れて動けないのかもしれない。僕にも見せてもらえませんか、その地下室を」

鵜飼の申し出は、修作にとって願ったり叶ったりだ。さっそく修作は鵜飼を連れて地下室へと向かった。階段を下りながら、修作はあらためて鵜飼に質問した。

「ところで、あなたは叔父とどういう関係なんですか。今夜の来訪の目的は？」

すると鵜飼は、おや、まだいっていませんでしたっけ⁉　そんな表情を浮かべながら、ようやく自らの素性を明かした。「街にある『鵜飼杜夫探偵事務所』って知りません？」

だが、知る知らないを答える暇はなかった。修作は鵜飼の口から飛び出した《探偵事務所》という単語に驚き慌て、うっかり踏み板を踏み外し、階段の残りを一気に下まで転がり落ちた。

「わあああぁぁぁぁぁ――ッ」

「――僕はそこの所長でしてね。喜一郎氏からは、ちょっとした調査を依頼されていて、今夜はその御報告に上がったというわけです――ねえ、ちゃんと聞いていますか？」

階段の下で悶絶する修作に対して、鵜飼は同情するどころか非難めいた視線を送る。

修作は呻《うめ》き声を発しながら、小さく左右に首を振った。探偵だって⁉　聞いてないぞ――

肉体的精神的ダメージを負った修作は、よろよろと立ち上がるのがやっと。一方、鵜飼はひとりでさっさと地下室の扉の前にたどり着く。重厚な木製の扉の前に立った探偵

は、

「やあ、これが地下室の扉ですね。なるほどぉ、立派な造りだぁ。職人の確かな腕前を感じるなぁ」

と、ひとしきり扉の品質と意匠を絶賛。そして彼はおもむろに扉のノブに手を掛けた。

瞬間、修作は自分の喉もとをぐっと握られたような感触を覚えた。まずい。針金で繋いだチェーンロックのトリックは、家政婦のおばさんの目を誤魔化すには充分なものだろう。だが、プロの探偵の目を欺《あざむ》くには、仕掛けが甘いといわざるを得ない。このトリックは必ずばれる。観念した修作は、思わず顔をそむけた。

その扉を開けるな！　開けないでくれ！

だが、なにも知らない鵜飼は、ノブを捻りぐっと手前に引く。扉は十センチ程開いたところで、張り詰めたチェーンによって止まった。ガツンという衝撃音があたりに響く。鵜飼の右手がノブからすっぽ抜け、彼の口から「おッ」という意外そうな声が漏れた。

「鍵は鍵でもチェーンロックですか。じゃあ駄目だ。チェーンロックじゃ仕方がない。他の鍵ならいざしらず、チェーンロックじゃ手の出しようがない。お手上げですね」

迂闊《うかつ》というか軽率というか、探偵は目の前のチェーンの具合を確かめようともせず、早々と白旗を掲げた。この探偵、観察力は家政婦のおばさん以下らしい。諦めかけた修作の中で、希望の光が煌々《こうこう》と輝きはじめた。

いける！　このレベルの探偵なら、むしろ楽勝だ！

「ね、おかしいでしょう⁉　チェーンロックが掛かっているってことは、中に誰かがいるってこと。なのに、ほら――叔父さーん、いるんですかーッ――ね！　呼んでも返事がない。これは変です。ああ、やっぱり、叔父は急病で倒れているのかも」

すると、鵜飼はなぜかアッサリ首を左右に振って、

「いや、喜一郎氏は首を吊って亡くなっているんでしょう」

「――んな！」修作は目を剝《む》いて驚きを露《あらわ》にした。こいつ、なぜそのことを！　修作は内心の動揺を見透かされまいとして叫ぶ。「な、なにをいうんです！　え、縁起でもない！」

「でも、ほら、そこに見えてるじゃありませんか」

「み、見えてる⁉　どこに⁉」修作は開いた扉の隙間から部屋の中を覗き込む。

見えているはずはない。修作は喜一郎の死体を吊るす際、敢えて扉の死角になる位置を選んで、それを吊るしたのだ。事実、覗き込む修作の視界に見えるのは、ＣＤラックや音響機器ばかりである。さては、この男、鎌をかけているのか？

怪訝《けげん》な顔の修作に対して、鵜飼が背後から説明を加える。

「見えませんか。ほら、正面に見えるＣＤラックの上に小さな鏡があるでしょう。そこに映りこんでいますよ。壁際で首を吊っている喜一郎氏の死体が」

「ひぇぇぇぇぇぇぇッ――」修作は蒼白になった。自分としたことが、なんたる失態だ。それにしても、この探偵、チェーンロックの仕掛けにはまるで気付かないくせに、こんな細かいところで妙な観察力を発揮するとは！　意外に侮《あなど》れない男だ。

「と、とにかく、叔父が大変です！　さっそく、この扉を開けてやらないと――」

「はあ？」鵜飼は冷静に反論した。「なんで、そうなるんです？　喜一郎氏は首を吊っているんですよ。僕らはこれ以上手を出さずに、後のことは警察に任せるべきでは？」

「うッ――」それはまあ、確かに彼のいうとおりなのだが、修作にとってはそれではマズイのだ。この扉は開けてもらわなくては困る。そうでないと、トリックの最後の仕上げができないではないか。「いや、だから、それはその――おや！　むむッ！」

「どうしました？」

「動いた！」修作はダメモトで叫んだ。「鏡の中で叔父が動いた！　まだ死んでいない！」

「ええ⁉」鵜飼は疑り深そうに眉を寄せて、「いやいや、いくらなんでも、あの状況で生きていられるなんて――」と扉の隙間から中を覗き込むや否や、悲鳴にも似た声で、「ホントだあッ！　確かにいま動いたあッ！」と、修作自身が驚くほどの素直な反応。

鵜飼杜夫、意外と暗示にかかりやすいタイプらしい。実際には、死体が動くはずもない。ただ両足を床に着いた不安定な首吊り死体が、ゆらゆら揺れて鏡に映っているだけである。

だが、修作はここぞとばかり、畳み掛けるように言葉を並べた。

「でしょ！　きっと、叔父が首を吊ってから、まだそんなに時間が経っていないんですよ。いまだったら、まだ助かるかもしれない。いや、きっと助かる！　だとすれば、悠長に警察なんか呼んでいる暇はありませんよね。よーし、こうなったら、一刻も早くこの扉を開けて、叔父を助けてやらないと――ん⁉」

ふと気付けば、鵜飼が扉から距離をとって腰をかがめている。その姿はタックルを試みるアメフト選手のようでもあり、立ち合い寸前の力士のようでもある。なにする気ですか、と尋ねる間もなく、鵜飼はその姿勢から「はッ！」気合もろとも扉に向かって猛然と体当たり。そして一瞬の後、「――ぶはッ！」扉に弾き返された彼の身体は、玩具《おもちゃ》の人形のように廊下の床に転がった。脚と手が変な方向に捻じ曲がっている。なんなんだ、この人⁉

恐怖にも似た感情を覚えて絶句する修作をよそに、鵜飼は首を傾げながら立ち上がる。

「おかしいな。密室の扉ってやつは、探偵が体当たりすれば大抵、開くものなんだが」

「ひ、開くわけありませんって。この分厚い扉に、ひとりで体当たりしたって――」

「じゃあ、今度はあなたも御一緒に。さあ！」

「『さあ！』じゃありません。二人でも無理です！」修作は鵜飼の誘いを一蹴して、あらかじめ用意していたべつの提案。「それより、道具を使いましょう。扉を開けるのにちょうどいい道具が、確かこの物置にあったはずですよ」

そういって修作は隣にある物置の扉を開け放つ。すると鵜飼が我先にとばかりに物置に飛び込む。薄暗いスペースに雑然と並べられた道具類を前にして、鵜飼は興奮を露にした。

「なるほど。これは、なかなか充実した道具置き場ですね。ああ、ちょうどいい道具とは、これですね。うむ、これさえあれば、どんな扉も開く。まさに、おあつらえ向きだ」

「そうでしょうそうでしょう。さっそくその道具であのチェーンを――って、ちょっと！　あんた、なに持ってるんですか！」

「ん、なにって――斧《おの》ですよ」探偵は手にした大斧をこれ見よがしに掲げた。「密室の扉に斧。まさに定番です。さあ、危ないですよ、離れて離れて！　その分厚い扉に一撃で大穴を開けて見せますからね」

扉の前に立った探偵は、手にした斧を大きく振りかぶって、「せーの！」

「やめろおおぉぉ――ッ！」

修作は我を忘れて、探偵と扉の間に身体を入れる。勢い余った探偵は一気に斧を振り下ろす。あわや、血まみれの大惨事。だが、修作が見よう見まねで差し出した両手は、振り下ろされた斧の刃を頭上数センチのところでキャッチしていた。まさに奇跡の瞬間だった。

「おお！　まさかあなたに真剣白刃取りの心得があるとは！」鵜飼は感激したように声を上擦《うわず》らせた。「でも危険だからやめてもらえませんか、そんな命知らずな芸は」

「芸じゃない！　あんたが物騒なものを振り回すからだ！」

「あなたが言い出したんですよ。ちょうどいい道具があるって」

「誰が斧を使って扉をぶっ壊せといったんですか。違いますよ、これです、これ」修作は物置の中から自らそれを持ち出して鵜飼に示した。「チェーンカッターです。どんなチェーンロックも、これさえあれば一瞬で切断できる優れものですよ」

「チェーンカッター⁉　なんで、そんなものが一般家庭の物置にあるんですか。日曜大工の道具としても、特殊すぎるでしょうに。なんでなんで⁉　ねえ、なんでです⁉」

「し、知りませんよ、そんなこと僕に聞かれたって」

ああ、うっとうしい。こんな奴、事件に巻き込むんじゃなかった。修作はいまさらのように自分の判断を後悔した。「まあ、いいじゃないですか。とにかく実際あるんだから使わない手はない。さあ、扉を開けてチェーンがピンと張るようにしてください。僕がチェーンを切りますから」

「よし、判った」鵜飼は素直に修作のいうことを聞き、両手で扉を固定する。

修作は張り詰めたチェーンの真ん中にカッターの刃をあてがい、勢いよくレバーを閉じた。両手に確かな手ごたえ。修作と鵜飼の目の前で、チェーンは真っ二つに切断された。

こうして、密室の扉は開かれた。

扉が全開になるや否や、鵜飼は放たれた矢のように室内へと飛び込んでいく。

「ああッ、やっぱりだ――」

鵜飼は首を吊った状態の喜一郎を壁際に発見するなり、すぐさまそちらに駆け寄った。修作は扉の傍で、驚きのあまり立ちすくむ甥っ子を演じた。恐怖と悲しみのあまり、死体に駆け寄ることもできない、といったふうだ。修作の見守る前で、探偵は死体を検《あらた》めはじめた。脈を診《み》て心音を聞き、瞳孔を確認して、結局、探偵は喜一郎の死を確認することになるだろう。

好機到来。探偵が死体に気を取られている隙に、修作は最後の仕上げに取り掛かる。

修作はポケットの中から、最後の仕上げに使う小さなアイテムを取り出した。それはハンカチに包まれた一本のチェーンだ。地下室のチェーンロックに使われているのと同じ種類のチェーンなのだが、長さは通常の半分ほどしかない。その一方の端には黒いツマミが付いている。ツマミには前もって、喜一郎の指紋が残してある。喜一郎を殺害する直前、熟睡する彼の右手の指にツマミを押し付けておいたのだ。

それから修作は扉の内側にあるスリットを見た。当然そこにも同様の黒いツマミがある。ツマミには、たったいま半分の長さに切断された短いチェーンが針金で繋がっている。これを警察や探偵の手に渡すわけにはいかない。そこで、最後の仕上げが必要となる。

修作はそのツマミをスリットから引き抜き、ポケットの中に仕舞った。代わりに、ハンカチの中にある黒いツマミをスリットに差し込む。そのツマミには、短いチェーンの端がしっかりと（つまり針金ではなく正常な形で）繋がっている。

両者の交換は、一瞬の早業《はやわざ》でおこなわれた。

振り向くと、鵜飼はいまだ喜一郎の死体の確認作業に夢中である。こちらの行動に不審を抱いた様子はない。大丈夫だ。修作は胸を撫で下ろし、遅ればせながら喜一郎の死体へと駆け寄った。そして、彼にとってはすでに判りきった質問を口にする。

「お、叔父はやっぱり死んでるんでしょうか……」

鵜飼は、「残念ながら」といって首を左右に振った。「先ほど、死体が動いたように見えたのは、我々の願望が生み出した錯覚だったようです」正確には、探偵の騙されやすさが生んだ勘違いであるが、「さて、こうなった以上は――」

鵜飼は背広のポケットから携帯を取り出す。だが、修作は鵜飼を制するようにいった。

「警察に通報するんですね。だったら、僕がやりましょう。あなたはこの家の関係者ではない。僕が通報したほうが自然だ。一階の固定電話で一一〇番してきます。あなたは、ここにいてください。それじゃ――」

一方的に告げると、修作は逃げるように地下室を飛び出していった。そのまま、駆け足で一階に駆け上がった彼は、電話のある居間を通り抜け、まっすぐキッチンへと向かった。古いフローリングの床の片隅にしゃがみこむと、床板に手を掛ける。爪を立てると、床板の一枚が持ち上がり、その下に空洞が現れた。修作が以前から存在を認識していた、秘密の空間だ。修作はそこに例の針金で細工したチェーンを隠した。上から床板で塞《ふさ》ぐと、見た目は普通の平らな床にしか見えない。これなら発見される心配はないだろう。

密室トリックの最後の仕上げの、そのいちばん最後のひと仕事をやり終えて、修作は思わず勝利のガッツポーズ！　それから彼は居間へと戻ると、ひとりソファの上で脚を組み、傍らの電話機を引き寄せ、受話器を持った手で一一〇をプッシュした。

「あ、もしもし、警察ですか。大変です。僕の叔父が首吊り自殺しましてね――」

3

通報を終えた修作は、意気揚々と地下室に戻った。そこでは扉の前に立った鵜飼が、切断されたチェーンをじっと見詰めていた。多少の胸騒ぎを覚えて、修作は尋ねる。

「なにか、不審なところでもありますか、そのチェーンロック？」

「いいえ、特に細工された様子はありませんね。もともとチェーンロックは細工の入り込む余地が少ない。糸や針を使って、外側からチェーンロックを掛けるのは無理ですからね」

そういって、鵜飼はあらためて壁際に吊るされた喜一郎の死体のほうに歩み寄った。

「見たところ、縊死――つまり首を吊って死んだもののようです。手足の先端には死斑が現れはじめています。亡くなって三十分程度が経過していると見ていいでしょう。ということは、僕らが地下室の異変を察知したときには、もう遅かったんですね」

「そうですか」修作は落胆のフリをして、小さく溜め息。そして壁に張られた某大物歌手のポスターを、バシンと右手で叩いた。「畜生！　信じられない。まさか……まさか叔父がこんな形で自殺を遂げるなんて……」

「ええ、僕も信じられません。ていうか、これ、自殺じゃないでしょう」

瞬間、驚き余った修作の右手に力が入り、ポスターの大物歌手の顔が縦にビリリと引き裂かれた。修作の突拍子もない反応を、鵜飼は唖然《あぜん》とした顔で眺めている。修作は誤魔化すように、破り取ったポスターの切れ端を左右に振った。

「いやいやいやいや――これは自殺でしょう！　どう見たって自殺ですよ。だって、あなたも見たでしょう。密室ですよ、密室！　それもチェーンロックの密室です。その完璧な密室の中で、叔父がただひとり首を吊って死んでいるんですよ。これが自殺でなくて、なんだっていうんですか！」

「殺人ですね」

「――な！」図星を指された修作は、思わずポスターの切れ端を二つに引きちぎる。「な、なぜ、そう思うんですか、殺人だなんて。あなたがそう思う根拠を聞かせてください」

するとと鵜飼は、「本来は機密事項ですが」と前置きして語りはじめた。

「僕は喜一郎氏から、ある調査を依頼されて、今日はその報告にきた。さっき、そういいましたよね。その調査というのは具体的にいうと、とある若い女性が喜一郎氏の本物の娘かどうか、という調査だったのです。ええ、妻も子も持たなかったといわれる喜一郎氏ですが、実はいたんですね、彼の血を受け継ぐ女性が。喜一郎氏はその女性と一緒に暮らす考えだったようです。しかし、万が一ということもある。そこで、いちおう念のためにわたしに彼女の身許調査を依頼した、というわけなんです。ええ、その女性は間違いなく喜一郎氏の血を引く娘さんだと確認されましたよ」

娘と聞いて、修作はピンときた。喜一郎が突然、遺言状の書き換えを目論んだ理由。突然、服装に気を遣うようになった理由。やはり女が原因だったのだ。ただ、女は女でも隠し子だったとは意外である。「しかし娘がいたからといって、自殺ではないといえますか」

「だって、娘さんとの新しい生活を思い描いていた喜一郎氏が、このタイミングで自殺する理由がないじゃありませんか。心情的にあり得ない」

心情!? なんだ、そんなことか。修作は内心ほくそ笑みながら反論する。

「なるほど。しかし人間の心理状態というのは、所詮、他人には窺い知れないもの。叔父の心理を理由に、自殺の可能性を否定するというのは、ちょっと強引過ぎませんか」

「確かに」鵜飼は意外にもあっさり頷いた。「では、もうひとつ具体的な根拠を。この首吊りに使われたロープ、その輪っかになった部分の結び目を見てください」

「結び目!? それがどうかしたんですか」

「ロープの結び目というものは、ときにその人の職業や人生経験を表すものなのです。ほら、この結び目、まるでお団子のような不細工な結び目になっているでしょう。敢《あ》えていうなら、クソ結びというやつだ。これは喜一郎氏の結び目ではありません。なぜなら喜一郎氏といえば、その成功物語の出発点は烏賊釣り漁船の乗組員。つまり彼は元船乗りだ。船乗りならロープの先に輪を作るのはお手のもの。もやい結び、と呼ばれる基本的な結び方があります。でも、この結び目は全然違う。たぶんロープワークなどしたことのない誰かべつの人物が、このロープを結んだんですね。喜一郎氏を自殺に見せかけるために」

「う――」

修作は目の前の探偵を見直した。なかなか見事な推理だ。確かに、これは殺人事件に違いないないし、犯人はロープの扱い方を知らない普通の会社員だ。修作は鵜飼の意外な鋭さに舌を巻きながら、それでもまだ彼には余裕があった。

「なるほど。確かにあなたのいうとおり、叔父は何者かに殺害されたのかも。しかし御存知のとおり叔父は《烏賊川のイカサマ野郎》の異名を取ったほどの人物。あくどい金儲けもしてきたはず。叔父を殺したいほど恨《うら》んでいる人物は、この街にゴマンといますよ」

「いや、五万はいないでしょう。烏賊川市の全人口から考えて、五万は多すぎる」

「《ゴマンといる》は比喩《ひゆ》ですよ！　容疑者はたくさんいるって意味です。それに、そう、密室の問題がある。あなたは、これをどう考えるんですか」

修作は半ば挑発するようにいった。喜一郎の死が殺人ならば、犯人はどうやってチェーンロックの掛かった地下室の密室から脱出できたのか。それこそが今回の事件の核心なのだ。この問題が解き明かされない限り、探偵は事件を解決できない。完全なる密室は常に犯人側の利益だ。

修作はあざ笑うような目で、探偵を眺めた。

探偵はそんな修作の気持ちを知ってか知らずか、

「ふむ、確かにこれは完全な密室で起こった殺人事件なのかもしれませんね」

と呑気な調子で呟くと、ふいに話題を転じた。

「ところで、警察には通報したんですよね。まあ、山奥のことだから、警察の到着にはまだ時間が掛かりそうだ。それじゃあ、僕らは上で待っていましょう。これ以上、現場を荒らしたら警察に睨《にら》まれてしまいますしね」

鵜飼は床に散らかったポスターの切れ端を指差していった。確かに、彼の提案はもっともだ。これ以上、現場でこの男と一緒にいたら、修作は自分がなにをやってしまうか自信が持てない。修作は鵜飼と一緒に地下室を離れ、一階への階段を上がった。だが、居間へ向かおうとする途中、ふと玄関ロビーに目をやった瞬間——

「ひゃあああぁぁッ！」

修作は再び驚きの悲鳴を発した。誰もいないはずの玄関に人の気配——というか、またしても見知らぬ男の姿があった。ダウンジャケットの若い男が来客用の椅子に深々と腰を下ろし、大きく股を広げた恰好で、呑気に口笛を吹いているではないか。

悲鳴を聞いた若い男は、ゆっくり顔をこちらに向けて、「やあ、どうも」と軽く右手を挙げる仕草。それを見た修作はもはや、知り合いか⁉ とは露ほども思わなかった。きっとこいつは、探偵の知り合いに違いない。行動様式が酷似しているから、ひと目で判る。

「誰なんだ、あんたは——？」

見知らぬ青年に尋ねると、彼はゆっくりと立ち上がり頭を掻きながら答えた。

「ああ、僕は戸村流平《とむらりゅうへい》といいまして、鵜飼探偵事務所で働く、まあ探偵の助手みたいな者です。屋敷の傍に停めた車の中で、いままで待機していたんですが、さっき鵜飼さんから電話で呼ばれましてね。こうして参上したわけです」

「電話だって⁉」修作は背後に佇《たたず》む探偵に尋ねた。「そんな電話、いつしたんです？」

「もちろん、あなたが一一〇番通報している間に、ですよ」

それだけ説明すると、鵜飼は戸村という青年のもとに歩み寄った。そして、二人の間でこれ以上ないほど簡潔な会話が、一往復だけ交わされた。

「どうだった？」

「ありません！」

鵜飼は助手のひと言に満足した様子だった。そして彼は再び修作のほうに向き直ると、

「これで判りました。やはり喜一郎氏は密室にて殺害されたのです」

と、あらためて今回の事件が密室殺人であることを宣言。修作は、なにをいまさら、と怪訝な顔。すると鵜飼はそんな修作の顔に指を突き出し、鋭い語調で言い放った。

「藤枝修作さん、あなた喜一郎氏を殺しましたね」

# 4

修作は黙ったままで鵜飼とその助手、戸村の姿を交互に見やった。意味が判らなかった。

突然、探偵の助手を名乗る男が現れて、鵜飼と短い会話を交わした。その直後、鵜飼は確信を持って修作のことを殺人者であると断罪した。なぜだ。なぜ、それほどまでに唐突に真相を見抜くことができるのだ。この目の前に佇む冴えない三十男、鵜飼杜夫が人知《じんち》を超えた推理力を持つ、神の如き名探偵だとでもいうのか。そんなはずはない。

修作は表情を強張らせながら、怒りと不安で拳を震わせた。

「ぼ、僕じゃない。僕が犯人だなんて、そんなの口からデマカセだ。証拠があるのか。あんたも見ただろ。現場は完全な密室だったんだぞ！」

「ええ、確かに現場は完全な密室でした」鵜飼は修作の言葉を認めた後、意外な台詞《せりふ》を続けた。「だから、あなたが犯人なのですよ」

「だから⁉　だから、ってなんだ⁉　意味が判らないぞ」

「まあまあ、そう興奮しないでください」鵜飼は人を食ったような調子で、修作の肩に親しげに手を置いた。「さっきから、肩がぶるぶる震えていますよ。寒いんですか」

「さ、寒いもんか」修作は肩に添えられた鵜飼の手をはねのけて叫ぶ。「むしろ暑いくらいだ。身体が震えるのは、あんたがおかしなことをいって、僕を怒らせたせいだ！」

すると、鵜飼はいままでになく真剣な顔を修作に向けて、その眸《ひとみ》を覗き込んだ。

「いや、寒いでしょ。寒いはずですよ。桜の季節だというのに、今夜はやけに冷える」

「はあ⁉」と、声を発する修作の息が霧のように白かった。

それを見て、修作はいまさらながら鵜飼の言葉が事実であることに気付いた。いままで、緊張と興奮の連続であまり意識に上らなかったが、確かに今夜は寒い。いわゆる花冷えというやつだ。だが、それがどうした。桜の季節には付きものじゃないか。いや、しかし、それにしても寒い。寒すぎる。まるで、季節が真冬に逆戻りしたようだ

――その瞬間、修作の脳裏を嫌な予感がよぎった。まさか、ひょっとして、そんなはずは！

立ちすくむ修作の前で、鵜飼は道を譲るように真横に一歩身体をずらす。修作の目の前にあるのは、屋敷の玄関扉だ。修作はふらつくような足取りで、その扉に歩み寄ると、重たい扉を一気に開け放った。吹き込む寒風とともに、修作の目に飛び込んできた光景――

屋敷の外は一面の銀世界だった。

「そ、そんな、馬鹿な……」

修作は愕然《がくぜん》として、ふらつくように扉にしがみつく。身体が震えるのは怒りでも寒さでもなく、驚きと恐怖のせいだった。そんな彼の背後に、音もなく鵜飼が忍び寄った。

「夕方まで降っていた冷たい雨は、夜になって雪に変わりました。あなたは気付いていなかったようですけど、僕がこの屋敷にやってきたとき、屋敷の周囲は降り積もった雪ですっかり覆《おお》われていたんですよ」

「………」なにもいえない修作に、鵜飼は淡々と解説を加える。

「ほら、よく見てください。門のところから、この玄関まで二つの足跡が残っていますよね。ひとつは僕の足跡。もうひとつは、ついさっき流平君がつけたばかりの足跡です。おや、それじゃあ、喜一郎氏を殺した殺人犯の足跡は、どこにあるんでしょうね。喜一郎氏が殺されたのは、いまから三、四十分ほど前のこと。でも、そのときには、もうすっかり雪は止んでいて、空には月が出ていたのですよ。犯人が玄関から逃走したのなら、この雪の上には何者かの足跡が残っていなければおかしい。では、犯人は玄関ではなく、窓や裏口から逃走したんでしょうか。その可能性は充分にある。そこで僕は流平君に指示を出しました。屋敷の周囲をぐるっと一周して、誰かの足跡がないか捜すように、とね。彼が屋敷を一周した際の足跡は、そこに見えます」

鵜飼は屋敷の周囲に沿って伸びる、真新しい足跡を指で示した。

「流平君は捜索を終えて、僕らの前に現れました。彼の結果報告は、あなたも聞きましたよね？」

確かに聞いた。「どうだった？」「ありません！」。あの短い会話の意味が、修作にもやっと判った。屋敷の周囲には誰の足跡もありません——そういう意味だったのだ。

「これでもう、お判りでしょう。僕がこの屋敷を訪れたとき、この藤枝邸全体が雪に覆われた完全なる密室だったわけです。そして、このとき屋敷にいたのは、自殺に見せかけて殺害された喜一郎氏と、あなたの二人だけです。密室の中に男が二人。片方が被害者なら、もう片方が犯人に違いありません。つまり、あなたが犯人だ。違いますか、藤枝修作さん」

「…………」

違わない。彼の推理は、いたって常識的な捜査員のそれだ。名探偵の神の如き推理には程遠いが、まさしく事実を言い当てている。修作は膝を屈しそうになりながら、しかし懸命に探偵の推理の抜け道を捜した。すると、ひとつ微かな光明が彼の頭に閃《ひらめ》いた。

「そ、そうだ。犯人はまだ逃走していないのかも……まだ、この広い屋敷の中に身を潜めて、逃亡の機会を狙っているのかも……」

「なるほど。その可能性もなくはないですね」

そういう鵜飼は、余裕の表情で続けた。「ならば、その確認作業はこれからこの屋敷に押しかけてくるであろう、警察の方たちにお願いしましょう。彼らが屋敷中をくまなく捜索すれば、僕らの知らない真犯人がひょっこり現れるのかもしれない」

鵜飼の言葉が終わるのを待っていたかのように、遠くでパトカーのサイレンが響きはじめる。烏賊川市警察の登場だ。修作は、もう聞きたくない、というように扉を閉めて、よろけるように近くの椅子に腰を下ろした。

「いや、屋敷の捜索は必要ない。この屋敷には僕のほかは、あんたたちしかいない。見知らぬ真犯人なんて、現れるわけがない。そうだ。犯人は僕だ。僕が叔父を殺したんだ。密室の中で首を吊ったように見せかけて殺した。――くそ、うまくいったと思ったのに！」

だが、とんだ大失敗だ。地下室を密室にして完全犯罪を成し遂げたつもりが、知らないうちに藤枝邸という密室の中に被害者と一緒に閉じ込められていたなんて！

我ながら間抜けすぎる話で、笑い話にもならない。

自嘲《じちょう》気味に笑みを浮かべた修作は、ふいに顔をあげて鵜飼を見た。そうだ。警察に引き渡される前に、この憎らしい探偵の口から、ひとつ聞いておきたいことがある。

修作は探偵に尋ねた。

「あんた、あの地下室の密室の謎は解けたのか？」

すると鵜飼は名探偵にはあるまじき素っ気ない態度で、こう答えた。

「そんなもん、僕は知りませんよ。きっとなにか、上手いやり方があったんでしょ

――」

# 解説

関根亨（編集者・評論家）

どんでん返し――これはミステリーやホラーの専売特許ではない。あざやかな驚愕で幕を閉じる、読者であるあなたの思い込みや先入観をひっくり返す結末ならば、どんでん返しは、すべてのジャンルの小説において、一種の「称号」となりうる。

本書『自薦 THE どんでん返し』の選者は、題名の通り、なんと著者自身。本タイトルにふさわしい自作短編を著者がセレクトして、六編のアンソロジーとして編んだものである。

読了後のあなたにはぜひ、再読をおすすめする。二度目を読んだならば、真相に至るまで、どのような伏線を作者が張っていたか、何気ない一語や描写に注意を払っていたかが明らかになるだろう。どんでん返しとは、ラストに至る過程をも楽しめる、知的遊戯としてのジャンルなのだ。

**綾辻行人「再生」――『眼球綺譚』（集英社文庫・一九九九年、角川文庫・二〇〇九**

年）所収。

白いドレスをまとい、暖炉前の揺り椅子に坐る由伊を前に、「私」は、ひたすら待ち続けていた。首のない由伊の身体に、ある再生が起きるのを。

出だしからあなたを、美的に彩られた怪奇の舞台にいざなう。冷たい雨がふりしきる、人里離れた山中の別荘から、私と由伊が出会う二年前へと時はさかのぼっていく。

社会学助教授の私——宇城は、鬱病気味でアルコール依存症にも悩まされており、神経科で治療中。その病院の待合室で、私を見つめる若い女に気づく。女は、「先生のファンで、講義はいつもいちばん前で聴いていた」と話しかけてきた。

これが三十八歳の私と二十一歳の咲谷由伊との出会いであった。私と由伊は愛し合い、やがて彼女の大学卒業を待って、私は結婚の言葉を口にする。だが由伊は、隠しておけないことがあると告白する。

自分の身体が呪われていると。六歳の時、誤って包丁で切り落としてしまった指が、後から生えてきたことを……。

書き出しが効果的だ。首がない白いドレスの由伊の姿で物語が始まらなかったら、十七歳離れた、大学助教授と女子大生の恋愛物語に読めるだろう。二人が求め合い愛し合う場面もあり、ますますその感を強くするところだ。だが、由伊の運命を知っているあなたは、由伊の言葉の端に、何か意味ありげなことを常に意識してしまう。このあたり、綾辻の筆運びの巧みなところである。

二人の冒頭場面その後は終幕につながっていくが、ホラーだからこそ発想できたサプライズ。読後は、あなたの首から上が、畏怖で満たされることになる。

なお、物語の主要タームとなる「クロイツフェルト・ヤコブ病」についての注釈を、著者は角川文庫版のあとがきに記している。本作初出は一九九三年であるため、同病の症状や治療法に関しては、当時の資料によったものであるそうだ。現代のBSEとの関連など、当時は不明部分の記述は当然存在していない。

今般の収録も、他五編とともに、時代背景は発表当時のままとした。


有栖川有栖「書く機械《ライティング・マシン》」――『作家小説』（幻冬舎文庫・二〇〇四年）所収。

収録元短編集は、作家、編集者、出版社、文芸をめぐる世界がテーマ。時には笑いを、時には戦慄を交えて編まれている。

書籍編集者・栗山は上司の藤原編集長から、益子紳二という作家を前担当者から引き継ぐよう命じられる。益子は、軽妙洒脱な推理ものでそこそこ人気があるタイプだが、今後はどうなるか分からないと、栗山も藤原も意見は一致していた。だが、藤原は意外にも益子をかっており、本人も気づいていない能力を気づかせる必要があると主張。その夜、益子との会食の席に栗山を同席させる。

益子から次回作のあらすじを聞いた藤原は、会食後に座を移した文壇バーで、罵声とも激励とも取れる長広舌をふるう。

――あなたの本の読者は（略）そこそこのコンサート会場に詰め込めるだけの人数しかいない。（略）今の何百倍もの読者を獲得すべきだ。（略）印刷所の機械が壊れるほど刷って刷って、売って売る。（略）あなたは、小説家の代名詞となる。

藤原の名調子に、眠っていた欲望を覚醒させた益子。藤原はすぐさま、益子と私を伴い、社へ引き返す。社屋の地下で目にしたものとは……。

本作の初出は一九九八年だが、作家をめぐる編集者の情熱は、十八年を経ても変わることはない。

もしあなたが作家や編集の世界に興味をもって本作を読んだならば、決して踏み込んではならないレール上を走って来たことを後悔、いや、歓迎するに違いない。

それにしても、益子のベストセラー『極楽ハイウェイ』のあらすじたるや。「連続殺人鬼と銀行強盗がばったり出会い、お互いに相手の正体に気づかないまま車で珍道中をする」を実際に読みたいと考えたのは、あなたも筆者も同意見だ。著者はもちろん、名は書かずとも分かるその人である。

西澤保彦「アリバイ・ジ・アンビバレンス」――『パズラー 謎と論理のエンタテイ

ンメント』(集英社文庫・二〇〇七年)所収。

西澤流、冒頭からの事件概略開示である。女子高生・刀根館淳子は、同じ学校の高築敏朗を殺害したと供述している。だが彼女には明確なアリバイが存在しているのだから、犯人ではないはず。なぜなら、淳子のアリバイを証明できるのは、「ぼく」——憶頼陽一だけだからだ。

淳子が誰かをかばっているという説を唱えるのは、委員長こと弓納琴美。淳子はアリバイがあるのに、なぜ自分が犯人だと主張するのか、こうしたパラドクス提示とともに、そもそもアリバイとは何かという、用語についての言及もある。

謎の根幹をまず説明しておいてから本筋に入るという著者独自の発想は、いつもながら、あなたへのサービス精神ではあるまいか。

ぼくの母は、マンガ家として名を馳せており、元編集者の父と共同で仕事をしている。金曜日の夜、締め切りを抱えた父母が、家で大騒ぎを始めたため、ぼくは自宅マンションの部屋から、父の車へと一時避難を開始。車は、マンションから離れた駐車場に停めてある。車中で夜を過ごしていると、淳子が中年男と車で現れるのを目撃。淳子と男が、駐車場にある蔵に入って過ごすこと二時間半。

翌月曜日、登校したぼくは、高築敏朗が淳子に乱暴しようとして、刺殺されたと耳にする。淳子が敏朗を刺したとされる金曜日夜、ぼくは、中年男と一緒だった淳子を目撃したではないか……。

推理の過程は、ぼくの家に委員長の琴美がやってきて、二人の対論という形で示される。教室では地味な制服にメガネ姿の委員長は、脚線美もあらわなホットパンツの私服で、ぼくと推理情報を交換する。

犯人とアリバイをめぐる真相喝破もさることながら、探偵役が委員長なのかぼくなのか、最後まで伏せられているところにも、西澤の目配りが利いている。

**貫井徳郎「蝶番の問題」――『気分は名探偵　犯人当てアンソロジー』（徳間文庫・二〇〇八年）所収。**

警視庁の桂島刑事は、大学の先輩であるベストセラー作家・吉祥院の住居を訪れる。作家はその容姿もあいまって、コメンテイターなどテレビ出演も多い。缶詰明けの吉祥院は、自宅となっている高層マンション最上階の部屋へ戻ったばかりだった。

常日ごろ貧富の差を感じている桂島ではあったが、彼の豪華な部屋で、事件に関し知恵を借りたいと切りだす。この先輩後輩、いつもの習慣である。

桂島が相談するところの事件とは、奥多摩の貸別荘で変死体となって発見された男女五人に関してだった。五つの死体は、腐敗が進行していて死亡の順番が不明。それゆえ誰が犯人なのか、特定が不可能という難事件であった。残された手がかりは、被害者の一人が執筆したと推定される手記の存在のみ。

缶詰状態での執筆が一段落した作家は、生来の口の悪さを発揮しながら、後輩刑事が提示した手記を興味深く読み始める。

ここで場面は手記内容の叙述に移る。執筆者を含む劇団員一同が、貸別荘に泊りがけの稽古に赴く。一人が階段から転落死するが、荒天かつ携帯も圏外で外部連絡がつかないという緊迫状況。さらに彼らが次々と謎の死を遂げていく……。

事件関係者が書いた手記が、作中作の役割を果たすとなれば、まさに本格推理の域である。手記に登場する人物の、ある行動をたどるうち、あなたは一つの解決を手にするかもしれない。その上で、吉祥院の指摘する真相と比べてみてほしい。

徳間文庫版によれば、本作品は、夕刊紙「夕刊フジ」に、読者チャレンジ型懸賞ミステリーとして連載されたもの。一七八ページの「先輩は心外そうに鼻を鳴らした」までが問題編、以降が解決編となっていた。ちなみに「蝶番の問題」の正解率は一パーセント。

貫井の構築した、劇団員男女連続死事件の謎に、あなたも挑戦してみてはいかがだろうか。


法月綸太郎「カニバリズム小論」――『法月綸太郎の冒険』(講談社文庫・一九九五

年)、『贈る物語』(光文社文庫・二〇〇六年)所収。

エラリー・クイーンの短編集タイトルをリスペクトした、著者の第一短編集に収録。探偵小説家にして名探偵・法月綸太郎ものは、綸太郎視点でストーリーが進み、父親の法月警視とコンビを組む作品が大半だが、本作はなぜか、「私」という一人称人物を中心に叙述されている。

日がな思索にふける私のもとへ法月綸太郎が訪ねてくる。法月の用向きとは、同棲相手を絞殺し、その人肉を食した犯人——大久保信という人物の動機を知りたいというものだった。大久保は医学生くずれで生活能力がなく、ふだんは同棲相手の三沢淑子が面倒をみていた。解剖知識がある大久保は、被害者女性の死体を解体し、各部位を五日間にわたり調理した。おぞましい猟奇犯罪と呼ぶほかはない。

法月は他ならぬ私に助言を求めたいのだという。法月は彼なりの結論に達したが、私と二人で事件を再検討し、私の出した結論が法月と同じだったら、ある種の正しさを求めることができるという。私はここぞとばかりに、人肉嗜食(カニバリズム)について、とうとうと持論を語っていくのだが……。

パリ人肉事件など、実際に起きた同種の犯罪者心理を織り込みつつ、文化人類学や犯罪史学的な私の論考が述べられていく。法月は完全に聞き役に徹するが、途中経過での反応は、無愛想だったりもの憂げだったりと、はかばかしいものではない。長時間にわたる二人の対話から導き出されたカニバリズムの本質とは何か、そして大久保の動機に到達することができたのか。

最後の数行で、他の事件では中心的な役割を担う法月がなぜ聞き手に回っていたのか、なぜ一人称だったのか、なぜもの憂げだったのか、その真の理由に気づいた時、あなたもすでに著者の技巧に〝食されて〟いることになる。

**東川篤哉「藤枝邸の完全なる密室」――『はやく名探偵になりたい』(光文社文庫・二〇一四年)所収。**

架空の町を題材とし、鵜飼杜夫探偵と助手の戸村流平が登場する〈烏賊川市シリーズ〉六作目にして初の短編集からの一編。

烏賊釣り漁船乗組員から身をおこし、飲食店経営や不動産売買で財をなした藤枝喜一郎。彼は独身を通し、身寄りといえば、二十六歳の甥の修作だけであった。

修作は、仲がいい叔父の遺産をもちろん狙っており、しかも喜一郎贔屓の女弁護士と深い関係にあった。その美人弁護士いわく、喜一郎は最近、身に着けるものに気を使い、遺言状の書き換えを目論んでいるらしい。

喜一郎叔父を週末中に亡き者にする――修作の決意はここに固まった。だが、叔父の死に方によっては、唯一の遺産相続人である修作に嫌疑がかかるのは必定。

周到な殺人計画を練った修作は、花冷えの夜、喜一郎を訪ねた、豪壮な邸宅地下にあるオーディオルームを舞台に、修作の完全犯罪が開始された……。

本作は犯人があらかじめわかっている、倒叙推理と言われるジャンルだが、まずは伏線が巧みだ。東川作品ではおなじみの烏賊川市で、被害者となる藤枝喜一郎の来歴が冒頭でこまごまと語られるが、この来歴自体が後に、犯人指摘の決め手となっている点には驚かされる。烏賊川市で探偵業を営み、同地を熟知している鵜飼ならではの指摘は明快だ。

仕掛けたトリックが見破られ、犯人が間の抜けたリアクションをするユーモアミステリの体裁を取りつつ、きわめて論理性の高い、しかもそれでいて平易な謎解きになっているのである。

だが、真のどんでん返しは、鵜飼による犯人指摘の後にある。ここに至る伏線も、ストーリー中に自然に溶け込んでいたことに、あなたは容易に気づくだろう。

ホラー、ブラックユーモア、本格推理と、期せずして、あなたがはまりそうなオールジャンルの作品が出そろった。作風としても、年の差恋愛あり、文芸業界もの、学園+アリバイ、館+作中作、異常犯罪心理、密室倒叙トリックがずらりと並んだ。著者自薦が、これだけ卓抜な作品の集結となった天の配剤に感謝したい。

本書は文庫オリジナルです。
作中に登場する人物、団体名は全て架空のものです。

双葉文庫

あ-39-02

自薦《じせん》 THE どんでん返《がえ》し

2016年5月15日　第1刷発行
2016年5月26日　第2刷発行

【著者】
綾辻行人《あやつじゆきと》　有栖川有栖《ありすがわありす》　西澤保彦《にしざわやすひこ》
貫井徳郎《ぬくいとくろう》　法月綸太郎《のりづきりんたろう》　東川篤哉《ひがしがわとくや》

【発行者】
稲垣潔
【発行所】
株式会社双葉社
〒162-8540 東京都新宿区東五軒町3番28号
［電話］03-5261-4818(営業)　03-5261-4840(編集)
www.futabasha.co.jp
(双葉社の書籍・コミックが買えます)
【印刷所】
大日本印刷株式会社
【製本所】
大日本印刷株式会社

【表紙・扉絵】南伸坊
【フォーマット・デザイン】日下潤一
【フォーマットデジタル印字】恒和プロセス



ISBN978-4-575-51893-1 C0193
Printed in Japan